MARGOT KREUTER

SANDRA

– Detektivin in Jeans –

Was geschah am dunklen Ufer?

Inhalt

Ein Abend, der es in sich hat

An jenem Abend waren Sandra Faber und Joschi Ruge wie an vielen anderen Abenden miteinander verabredet.

Es war Montag. Die Bügelwäsche der Fabers wartete darauf, zu Sandras Großmutter gebracht zu werden. Auf dem Rückweg wollten Sandra und Joschi sich mit Freunden im Jugendheim treffen.

Während Joschi, stolzer Jungbesitzer eines gebrauchten Mofas, seinen Sturzhelm vom Kleiderschrank holte, läutete das Telefon.

„Joschi, Sandra ist dran!“ rief Frau Ruge, Joschis Mutter, nachdem sie den Hörer abgenommen hatte.

Joschi rieb den Helmrand mit dem Jackenärmel ab und ging in den Flur, wo das Telefon stand.

„Bin schon auf dem Sprung“, erklärte er Sandra, weil er meinte, sie rufe an, um ihn zur Eile anzutreiben.

Doch Sandra hatte andere Sorgen.

„Die Stingels möchten, daß ich heute abend zu

ihnen komme. Kannst du die Wäsche allein besorgen?"

Die Stingels waren die Familie, bei der Sandra sich gelegentlich ein paar Mark mit Babysitting verdiente.

„Klar kann ich das. Aber wieso müssen die Stingels sich immer so spät überlegen, daß sie ausgehen wollen? Nächstens klingeln sie dich mitten in der Nacht heraus", brummelte Joschi.

„Denkst du, mir gefällt das? Aber ich brauche die Piepen, und das wissen sie", hielt ihm Sandra entgegen.

„Na, schön!" Joschi seufzte. „Ich bringe dich hin. Und dann schnappe ich mir eure Wäsche. Kann ich wenigstens bei dir reinschauen, wenn ich zurück bin, oder meinst du, die Stingel meckert wieder, wenn sie's erfährt?"

„Die meckert bestimmt. Ist mir aber egal. Bring der Tanja eine Packung Erdnüsse mit. Vielleicht hält sie dann die Klappe und erzählt ihrer Mutter nicht, daß du dagewesen bist."

„Mache ich." Joschi legte den Hörer auf, rief „Ciao!" in Richtung Küche, wo seine Eltern bei der abendlichen Nachspeise saßen, und holte sein Mofa vom Abstellplatz im Hinterhof.

Sandra, die nur zwei Häuser weit entfernt wohnte, wartete bereits mit ihrem Fahrrad auf dem Bürgersteig, als Joschi das Mofa auf die Straße schob.

Das Licht der Straßenlampe fiel voll auf ihr Gesicht und ihre Gestalt. Sandra war fünfzehn, und Joschi stellte wieder einmal mehr fest, daß seine Freundin das hübscheste Mädchen der Landwehrstraße, in der sie wohnten, der Gutenbergschule, in der sie litten, der ganzen Stadt, in der sie sich zu Hause fühlten, war.

„Was guckst du denn so?“ fragte Sandra.

„Ich muß noch tanken“, sagte Joschi.

Sandra lachte. „Nicht möglich! Seit du die Mühle hast, habe ich kaum etwas anderes von dir gehört. Ich würde sie mal nachsehen lassen.“

Joschi war gekränkt. „Ein Mofa braucht eben mehr Sprit als das andere. Das ist genau wie bei Autos.“

„Ja, sicher. Nur laufen die Spritfresser sicher auch entsprechend schneller, während das hier...“

„Denkste! Da sieht man, daß du keinen Schimmer von Technik hast“, unterbrach Joschi sie heftig.

Sandras Bemerkung hatte einen wunden Punkt getroffen. Er wußte, daß er mit dem Mofa betrogen worden war, und ärgerte sich, daß ihm das passiert war.

Wütend startete er den Motor und ließ ihn im Leerlauf aufheulen.

Prompt wurde über ihnen ein Fenster geöffnet. „Was soll der Lärm? Ruhe, verdammt noch mal!"

Joschi setzte den Sturzhelm auf. Sandra schwang sich auf ihr Fahrrad. Joschi umkurvte ein paar geparkte Autos vor dem Haus, bevor er sich in die rechte Fahrspur einordnete.

„Morgen bin ich wieder flüssig. Dank Stingels. Dann spendiere ich dir einen Tank voll", versprach Sandra, als Joschi sich vor der Wohnung der Stingels von ihr verabschiedete.

Joschi lachte. „Ist doch Klasse, wenn die Frau arbeitet. Ich sehe dann nach dir."

Sandra tippte an ihre Stirn.

„Vergiß die Erdnüsse nicht."

Joschi winkte Zustimmung und brauste davon.

Sandras Großmutter, Frau Ansbach, wohnte in einem alten Haus am Fluß, wo sie seit vielen Jahren einem verwitweten ehemaligen Rechtsanwalt und Strafverteidiger den Haushalt führte.

Joschi und Sandra liebten die alte Villa und ihre Bewohner. Vor allem waren sie von dem großen, baumbestandenen Garten angetan. Er erstreckte sich bis zum Flußuferweg, an dem eine hohe Mauer den Garten begrenzte.

An diesem Abend lagen Haus und Garten grau und trist da, denn es war März. Die kahlen Zweige der Haselsträucher peitschten die Mauer im Wind. Die Bäume glänzten schwarz vor Nässe.

Joschi schob das Mofa durch die Gartenpforte und über den Seitenweg zum Terrassenaufgang.

Das Läuten der eisernen Kuhglocke über der Gartenpforte alarmierte Susi, die sonst eher träge Dackelhündin. Sie bellte und kratzte so lange an der verglasten Wohnzimmertür, bis Herr Seibold, der Hausherr, sich aus seinem Kaminsessel erhob und sie auf die Terrasse hinausließ. Gleichzeitig knipste er das Licht über der Tür an.

„Ich bin's!" rief Joschi, von Susi stürmisch begrüßt. Er stellte das Mofa vor der Terrasse ab und trug den Beutel voll Trockenwäsche, die Sandras Großmutter mangeln sollte, ins Haus.

„Ich bin allein. Sandra ist bei Stingels“, erklärte er Herrn Seibold, als dieser an Joschi vorbei hinausspähte. „Guten Abend, Herr Seibold. Ist Frau Ansbach hinten?“

„Grüß dich, Joschi. Ja, geh nur durch“, erwiderte Florian Seibold und schloß hinter seinem Besucher die Tür. „Nun gib Ruhe, Susi! Sandra kommt heute nicht“, beschied er die Dackelhündin, die winselnd an der Tür stehenblieb und ihren Herrn fragend ansah.

Susi bellte einmal kurz und beleidigt. Dann zog sie sich auf ihren Kaminplatz zurück, auf dem sie sich ausstreckte, gähnte und weiterschlief.

Herr Seibold nahm ein Teegedeck aus der Vitrine, trug es zu dem Marmortisch vor dem Kamin und stellte eine Schale voll Gebäck dazu.

„Setz dich, Joschi. Oder hast du keine Zeit?“ fragte er, als Joschi zurückkam.

„Ich kann schon noch eine Weile bleiben. Wir wollten ja eigentlich ins Jugendheim. Aber die Stingels haben quergeschossen. Und allein mag ich nicht hingehen“, erzählte Joschi und setzte sich in den zweiten Sessel am Kamin.

Frau Ansbach, die Joschi gefolgt war, schenkte

Tee ein und bot dem Freund ihrer Enkeltochter Gebäck an. Der Hausherr bediente sich aus einer anderen Schale, die Diätkonfekt enthielt.

„Gibt's was Neues, Joschi?" erkundigte sich Herr Seibold.

„Nein, nur Aufgewärmtes. Tag für Tag der alte Kohl. Doch, ja!" berichtigte sich Joschi. „Sandra hat die beste sozialkundliche Arbeit der Klasse abgeliefert. Falls es interessiert", setzte er mit einem verschmitzten Blick auf Frau Ansbach hinzu.

„Und ob das interessiert!" rief Frau Ansbach auch sogleich. „Wie hieß denn das Thema?"

Joschi erzählte es ihr. Und dann redeten sie noch ein bißchen über die Schule im allgemeinen und über Joschis Pech mit dem Mofa und was ihnen sonst gerade zu erzählen einfiel. Bis Joschi nach einer halben Stunde aufstand und meinte, jetzt müsse er aber los.

„Tust du mir einen Gefallen, Joschi?" bat Herr Seibold.

„Ja, gern." Joschi blickte den Hausherrn fragend an.

„Die Gartentür zum Fluß ist noch offen. Ich habe mir bei meinem Abendspaziergang nasse Füße geholt. Der Fluß ist mächtig angestiegen. Bei jedem Schiff, das vorbeizieht, schwappt das Wasser auf den Pfad. Die fahren immer viel zu dicht am Ufer entlang, obwohl sie genau wissen, daß es verboten ist", ereiferte sich Herr Seibold. „Deshalb bin ich auf dem Rückweg über die Hauptstraße gegangen."

„Meinen Sie, daß es Hochwasser gibt?" fragte Frau Ansbach besorgt.

Herr Seibold wiegte den Kopf. „Ich glaube nicht, daß es für uns gefährlich werden wird. Die Regenfälle haben nachgelassen, und es liegt auch kaum noch Schnee in den Mittelgebirgen." Herr Seibold blickte Joschi an. „Gehst du runter und schließt sie?"

„Ja, sicher." Joschi legte seinen Sturzhelm auf die Anrichte.

Frau Ansbach schaltete das Außenlicht an. „Fall nicht hin. Der Gartenpfad ist aufgeweicht."

„Ich kenne mich hier doch aus", meinte Joschi.

Er lief über die Terrasse ins Dunkel des Gartens, in dem es nach vermodertem Laub, nach Flußwasser und nach dem Dieselöl der Schiffe roch. Er überquerte mit einem Sprung den schlüpfrigen Gartenpfad und ging auf der braunen Grasnarbe des baumbestandenen, großflächigen Rasens weiter. Der nasse Boden schmatzte unter seinen Schritten. Im Nachbargrundstück bellten die Hunde. Sonst war alles still. Um diese Zeit waren nur noch wenige Schiffe unterwegs.

Als Joschi sich der Gartenmauer näherte, hörte er jemanden eilig durch das Wasser auf dem teilweise überschwemmten Uferweg patschen. Ein Matrose oder Schiffer auf dem Weg zu seinem Kahn? Ein Hafenarbeiter der Spätschicht? Der scheint es aber mächtig eilig zu haben, sonst würde er den gefährlichen Weg in der Dunkelheit meiden, überlegte Joschi gerade – als ihn ein gellender Schrei zusammenschrecken ließ, dem in der nächsten Sekunde ein Aufklatschen folgte.

Entsetzt dachte Joschi: Der Idiot! Jetzt ist er ausgerutscht und ins Wasser gefallen!

Er rannte, so schnell wie der morastige Boden es zuließ, zum Treppenaufgang in der Gartenmauer und die Treppe hinunter zum Fluß.

Der steinige Uferpfad, der von den hin- und herschwappenden Wellen zur Hälfte überspült war, lag dunkel und leer.

Das Hochwasser hatte die etwa zweieinhalb Meter hohe Uferböschung aufgefüllt, so daß Flußbett und Pfad fast auf gleicher Höhe lagen und eine einzige Fläche bildeten.

Joschi suchte mit der Taschenlampe die braune, gurgelnde Strömung ab. Der Lichtkegel erfaßte eine große, kompakte Masse, einen Menschen, nur einen Steinwurf vom Ufer entfernt, jedoch zu weit, um ihn mit dem Schiffshaken, der in Herrn Seibolds Gartennische verrostete, zu erreichen.

„Hierher, hierher!" schrie Joschi und ließ verzweifelt seine Taschenlampe kreisen.

Doch der Verunglückte reagierte nicht. Weder machte er Anstalten zu schwimmen, noch ruderte er mit den Armen und Beinen, wie es Nichtschwimmer tun, wenn sie ins tiefe Wasser fallen.

War er ohnmächtig? Oder in der eisigen Flut einem Herzschlag erlegen? Oder bereits ertrunken?

Die Strömung drückte den Körper unter die Wasseroberfläche, warf ihn wieder hoch, während er stetig flußabwärts trieb.

Joschi schwitzte vor Aufregung und Hilflosigkeit.

Obwohl er sich für einen geübten Schwimmer hielt, wagte er es nicht, bei diesem Wasserstand und zu dieser Jahreszeit in den Fluß zu springen und sich allein um den Verunglückten zu bemühen. Und weit und breit war niemand zu sehen, den er um Beistand hätte anrufen können. Die Häuser der umliegenden Flußanlieger lagen alle an der Straßenseite ihrer Grundstücke. Hier unten gab es nur Gärten und vereinzelte Gartenhäuser.

Trotzdem schrie Joschi laut um Hilfe, immer wieder und wieder, während er parallel mit dem treibenden Körper flußabwärts lief und verzweifelt nach einer Möglichkeit suchte, um dem Verunglückten zu helfen.

Etwa zwanzig Meter unterhalb des Nachbargrundstückes führte ein ausgebauter Seitenweg zwischen den Gärten hindurch von der Hauptstraße zum Fluß. An seinem Ende mündete er in eine Art vorgeschobenen Brückenkopf, der in den Fluß hineinragte, so daß der Fluß um dieses Hindernis herum eine große Schleife zog.

Rechts und links neben diesem sogenannten Brückenkopf führten zwei Schrägwege aus Natursteinen zum Fluß hinab.

Paddler und Ruderer benutzten diese natürlichen Rutschen gern, um hier ihre Boote ins Wasser zu tragen. Joschi hatte mit dem Paddelboot eines Freundes schon öfter hier gewassert und gelandet.

Er wußte, daß die ins Wasser hinausragenden Seitenenden des Brückenkopfes einen Wirbel verursachten, dem ein Sog vorausging.

Und Joschi überlegte: Vielleicht zog dieser Sog den Körper des Verunglückten ins seichtere Wasser der noch nicht ganz vom Hochwasser aufgefüllten Schrägen. Und vielleicht war es möglich, ihn hier zu bergen, bevor er vom Wirbel erfaßt und aufs offene Wasser hinausgedrückt wurde.

Joschi rannte auf den von einer Laterne erhellten Brückenkopf zu.

Er rutschte und stolperte auf den nassen, von Unkraut überwucherten Natursteinen die rechte, flußaufwärts zeigende Schräge hinab. Die schmutzigbraunen Wellen hatten Reisig, kleinere Baumstämme und Unrat angeschwemmt, Strandgut, das vom Hochwasser aus den überfluteten Campingplätzen und Schrebergärten weggespült und mitgerissen wurde.

Der Lichtkegel seiner Taschenlampe tastete sich über die Wasserfläche, erfaßte den herantreibenden Körper – und Joschi watete ihm entgegen, voller

Angst, ihn nicht zu erreichen, und voller Panik, selbst von der Strömung mitgerissen zu werden.

Doch sein gewagter Einsatz lohnte sich. Das nahezu Unmögliche glückte.

Joschi bekam einen Kleiderzipfel des Verunglückten zu fassen. Er zog ihn zu sich heran, hob den Kopf über die Wasseroberfläche, watete mit dem Verunglückten an Land und schleppte ihn durch das Geröll auf die flachen Steine.

Keuchend, tropfnaß und zitternd vor Anstrengung lag Joschi einen Moment lang benommen neben dem leblosen Körper, während sein Herz raste und hart gegen seine Rippen pochte.

Er riß sich zusammen, erhob sich auf die Knie und drehte den Verunglückten auf den Rücken.

Es war ein Junge, wie Joschi im Schein der Taschenlampe erkannte, kaum älter als er selbst vermutlich, doch größer und kräftiger.

Joschi öffnete den Parka des Jungen und prüfte, ob sein Herz schlug.

Doch alles, was er hörte, schien sein eigener, keuchender Atem und sein eigener Herzschlag zu sein.

Joschi beschloß, keine Zeit mit dem Ablaufenlassen des Wassers aus den Atemwegen des Jungen zu verlieren, so wie es auch im Erste-Hilfe-Kursus empfohlen worden war. Er legte die brennende Taschenlampe neben sich, stand auf und zerrte dem Jungen den Parka vom Körper. Dabei fiel etwas aus einer der Innentaschen: ein Bierdeckel, auf dessen unbedruckter Rückseite eine Telefonnummer und ein Name gekritzelt und die Gestalt eines Mädchens gezeichnet waren. Joschi schob ihn in die Tasche des Jungen zurück.

Er zog seinen eigenen, zwar außen nassen, aber innen noch körperwarmen Parka aus und deckte ihn über den Jungen, um ihn vor weiterer Unterkühlung zu schützen.

Er drückte den Kopf des Verunglückten zurück und begann mit der Atemspende durch Mund-zu-Mund-Beatmung.

Nach wenigen Sekunden wurde ihm schwindlig von der Aufregung und der Anstrengung des Atemspendens. Übelkeit würgte ihn, und es kostete Joschi Überwindung, sich erneut über den Verunglückten, der ekelerregend nach Alkohol roch, zu beugen.

Er ruhte sich, auf seinen Fersen hockend, einen

Atemzug lang aus.

„Ist etwas passiert?“ schallte es da zu ihm herüber.

Joschi blickte zum Ufer zurück. Er sah einen jungen Mann unter der Laterne stehen. „Ist einer ins Wasser gefallen! Ich habe ihn gelandet! Rufen Sie die Rettung!“ schrie er.

Doch der Fremde kam den Schrägweg herunter und fragte töricht: „Die Rettung? Oder ist er tot?“

„Mann, die Rettung! Ich habe ihn rausgefischt, kurz nachdem er reingestürzt ist. So machen Sie doch schon! Rennen Sie los, Mann!“

Der Junge schien absolut begriffsstutzig zu sein. „Wer ist es? Wie ist das passiert?“ fragte er naiv und begriff den Ernst der Lage anscheinend überhaupt nicht.

Joschi sprang auf.

„Massiere seine Brust. Kannst du künstliche Beatmung? Ich renne selbst!“ schnauzte er und drückte den Fremden an den Schultern zu dem Verunglückten hinab.

Joschi rannte keuchend zu Herrn Seibolds Grundstück und die Gartentreppe hinauf.

Herr Seibold stand auf der Terrasse und rief nach ihm, weil er sich sein langes Ausbleiben nicht erklären konnte.

„Rufen Sie die Unfallrettung! Ich habe einen Jungen aus dem Wasser gezogen!“ schrie Joschi ihm im Laufen zu.

Herr Seibold machte auf dem Absatz kehrt und eilte ins Haus.

Die Unfallrettung war kurze Zeit später zur Stelle. Der Notarzt bemühte sich um den Verunglückten im Wagen, während sie mit eingeschalteter Sirene zur Klinik rasten.

Die gleichzeitig mit dem Rettungswagen eingetroffenen Beamten der Schutzpolizei-Inspektion 4 (SPI 4) vernahmen Joschi und den später hinzugekommenen Helfer in ihrem grünen Dienstkombi. Sie schrieben die Personalien der Jungen auf und nahmen ihre Angaben zu Protokoll.

Joschi und der Fremde, der Roman Hansen hieß, erklärten, den Verunglückten weder persönlich gekannt noch ihn jemals vorher gesehen zu haben.

Roman Hansen war auf dem Weg zum Ruderclub an der Unfallstelle vorbeigekommen. Ein Freund von ihm, der Sohn des Club-Hausmeisters, hatte ihn angerufen und gebeten, bei der Sicherung einiger Sachen vor dem drohenden Hochwasser behilflich zu sein.

Die Beamten lobten Joschis Umsicht und spontane Hilfeleistung und entließen die beiden Jungen.

Roman Hansen setzte seinen Weg zum Clubhaus fort.

Joschi zog sich bei Herrn Seibold trockene Kleider an und fuhr zu Sandra, wo ihn zunächst weitere unerfreuliche Minuten erwarteten.

„Wo bleibst du denn?“ herrschte Sandra ihn an der Haustür an.

Sie schien völlig aufgelöst zu sein.

Die kleine Tanja hatte, wie so oft, die Abwesenheit ihrer Eltern ausgenutzt, um sich zu produzieren. Erst setzte sie das Badezimmer halb unter Wasser und rannte dann, während Sandra die Nässe aufwischte, mit der Rasierschaumdose ihres Vaters davon. Sie spritzte den Schaum auf den Hund, der sich bellend im Kreis drehte, auf die Kinderzimmermöbel und verteilte den Rest des Doseninhalts auf den schlafenden einjährigen Bruder, der daraufhin mörderisch zu brüllen anfing.

Während Joschi half, den Kleinen zu beruhigen, Tanja ins Bett zu packen und Baby, Hund und Möbel zu säubern, erzählte er Sandra, was ihn so lange aufgehalten hatte.

„Glaubst du, daß der Junge es übersteht?“ fragte Sandra.

„Die können heute allerhand tun, sogar in fast aussichtslosen Fällen.“

Sandra blickte zweifelnd. „Du sagtest doch, daß er kein Lebenszeichen mehr von sich gab?“

„So schnell ertrinkt man doch nicht!“ sagte Joschi erregt. „Ich rufe morgen die SPI 4 an. Die werden wissen, wie es ausgegangen ist. Die Sache macht mir unheimlich zu schaffen.“

Ein wichtiger Zeuge

Doch als Joschi sich am nächsten Tag bei der SPI 4 nach dem Jungen erkundigte, erhielt er einen traurigen Bescheid.

Alle Bemühungen des Notarztes und auch die sofort in der Klinik eingeleiteten Wiederbelebungsversuche durch Herzdruck-Massage waren erfolglos geblieben. Der verunglückte Junge war gestorben. Die Obduktion ergab, daß er durch Herzversagen gestorben war, hervorgerufen durch einen Kälteschock nach erheblichem Alkoholgenuß, in dem Augenblick, als er ins eisige Wasser stürzte.

Der Beamte, mit dem Joschi sprach, versuchte ihn zu trösten. „Dich trifft keine Schuld. Niemand konnte ihm helfen. Es war der Alkohol, sagt der Arzt."

„Ja, sicher", sagte Joschi. „Und vielen Dank." Er legte traurig und verstört den Hörer auf.

Einige Tage später erhielt Joschi eine Vorladung zur erneuten Vernehmung als Zeuge durch die Kriminalpolizei.

Da Joschi minderjährig war, mußte sein Vater ihn ins Polizeipräsidium begleiten.

Auf der Flurbank neben Zimmer 528 des Kriminalkommissariats trafen sie Roman Hansen, der ebenfalls herbestellt worden war.

„Was können sie von uns wollen?" fragte Joschi, nachdem er Roman mit seinem Vater bekannt gemacht hatte.

„Weiß nicht." Roman zog hastig an seiner Zigarette. „Blöde Geschichte! Da geht man zufällig zu einer bestimmten Zeit irgendwo hin... und schon ist man in einen Fall verwickelt", schimpfte er.

„Wieso Fall?“ erkundigte sich Joschi.

„Na, wenn die Kripo sich damit befaßt! Aber ich habe mit der Sache nichts zu tun. Du hast gesehen, daß ich erst von der Hauptstraße herunterkam, als du den Kerl bereits aus dem Wasser gezogen hattest.“

Joschi nickte folgsam, obwohl er Roman nicht hatte kommen sehen, weil er viel zu sehr mit dem Verunglückten beschäftigt war, und ihn auch nicht hatte kommen hören, weil Roman Schuhe mit dicken, weichen Profilsohlen trug.

„Ich habe ja auch nichts damit zu tun. Ich bin erst zum Fluß runtergerannt, als ich den Schrei hörte“, sagte Joschi erregt.

„Macht euch doch keine Sorgen. Diese Vernehmungen sind reine Routine. Sie werden euch nur noch einmal nach euren Beobachtungen fragen. Dazu sind sie vermutlich verpflichtet, bevor sie die Akte schließen und den Verunglückten zur Bestattung freigeben können“, beruhigte sie Joschis Vater.

Neben ihnen öffnete sich eine Tür. Ein junger Beamter streckte den Kopf heraus. „Joschi Ruge?“ fragte er.

„Ja, hier!"

„Bitte!" sagte der Beamte und trat ins Zimmer zurück, um Joschi und seinen Vater eintreten zu lassen.

Roman wollte sich ihnen anschließen. Doch der Beamte schickte ihn auf den Flur zurück. „Erst der Hauptzeuge", sagte er und schloß die Tür.

Joschi und sein Vater standen in einem Großraumbüro, in dem Telefone klingelten, ein Fernschreiber ratterte, Schreibmaschinen klapperten und Beamte durch die offenstehenden Verbindungstüren hinein- und hinausgingen.

Nachdem Joschi und sein Vater sich ausgewiesen hatten, führte ein anderer Beamter sie in ein angrenzendes Hinterzimmer, in dem nur ein Schreibtisch und ein Schreibmaschinentisch mit den üblichen Aktenschränken standen.

Hinter der Schreibmaschine saß ein uniformierter Polizist.

Der Beamte in Zivil, der hinter dem Schreibtisch saß, blickte von seinen Unterlagen auf und begrüßte Herrn Ruge und seinen Sohn.

„Du warst also als erster an der Unfallstelle", sagte er zu Joschi.

Joschi nickte beklommen.

„Dann erzähle bitte einmal, wie es dazu kam", forderte der Kriminalbeamte ihn auf.

Joschis Mund war trocken. Er brachte kein Wort heraus.

„Mein Sohn steht unter einem gewissen Schock. Es hat ihn sehr getroffen, daß da ein junger Mensch... daß seine Bemühungen um den Verunglückten umsonst waren", kam Herr Ruge Joschi zu Hilfe.

„Das verstehe ich", sagte der Oberinspektor, der ungefähr Ende Dreißig war und Lohland hieß. „Trotzdem müssen wir leider den fraglichen Abend noch einmal in allen Einzelheiten durchgehen."

„Aber mein Sohn wurde bereits von den Beamten der Schutzpolizei verhört", wandte Herr Ruge ein.

Wieder nickte Oberinspektor Lohland. „Ich bedauere es wirklich, Herr Ruge, daß ich Ihren Sohn noch einmal an den Vorfall erinnern muß. Aber vielleicht hilft ihm das auch, mit dem Erlebnis besser fertig zu werden. Oder möchten Sie zunächst einen Arzt konsultieren?"

„Nein!" rief Joschi.

Der Oberinspektor betrachtete ihn nachdenklich.

Dann vertiefte er sich in die vor ihm liegende Akte, blätterte einige Seiten zurück, und kritzelte eine Notiz an den Rand.

„Bei den Recherchen, die wir anstellten, sind unsere Beamten leider nicht recht weitergekommen. Es gibt da einige Unklarheiten, die ich hoffe, mit unserem heutigen Gespräch klären zu können“, erläuterte Herr Lohland.

„Bitte, ich werde sagen, was ich weiß“, erklärte Joschi, dem die geduldige Art des Oberinspektors gefiel. Er fühlte, wie seine Beklommenheit wich. Es drängte ihn sogar, mit dem Oberinspektor den Unglücksfall zu diskutieren, den er sich selbst in den vergangenen Tagen wieder und wieder in Gedanken vergegenwärtigt hatte.

„Ist es dir lieber, wenn ich dir Fragen stelle, oder möchtest du erzählen, wie sich die Sache zugetragen hat?“ fragte Herr Lohland.

„Bitte, fragen Sie“, bat Joschi.

Der Oberinspektor nickte dem Polizisten hinter der Schreibmaschine zu.

Der Polizist spannte ein Blatt Papier ein und

setzte sich bereit, um das Gespräch mitzuschreiben.

Der Oberinspektor ging zunächst noch einmal mit Joschi die einzelnen Stationen des fraglichen Abends bis zu dem Zeitpunkt durch, als Herr Seibold Joschi aufforderte, die Tür zum Gartenaufgang abzuschließen.

„Ich ging also durch den Garten", erzählte Joschi. „Als ich mich der Gartenmauer näherte, hörte ich unten jemand durchs Wasser laufen und..."

„Moment!" unterbrach ihn Herr Lohland. „Lief er oder ging er mit normalen Schritten?"

„Er ging eilig. Laufen kann man es vielleicht nicht direkt nennen."

„Kamen die Schritte auf dich zu oder entfernten sie sich?"

Joschi verstand die Frage nicht recht. Er blickte den Oberinspektor verwundert an.

„Hattest du den Eindruck, daß die Person, die unten über den Uferweg eilte, flußabwärts ging? Oder strebte sie flußaufwärts, dem Hafen zu?"

Joschi dachte nach.

„Das kann ich nicht sagen", gestand er schließlich. „Ich weiß nur, daß ich dachte, es sei ein Matrose oder ein Hafenarbeiter auf dem Weg zur Spätschicht."

„Also klangen die Schritte, als ob sie sich von Herrn Seibolds Grundstück entfernten? Du hast ja ausgesagt, daß der Junge oberhalb des Grundstücks, in dem du dich befandest, ins Wasser stürzte."

„Ja, das ist richtig. Aber ich kann trotzdem nicht mit Bestimmtheit sagen, ob er vom Hafen kam oder darauf zuging."

„Und wie kamst du zunächst dennoch zu der Meinung, daß er dem Hafen zuging?"

„Nur jemand, der es eilig hatte, weil sein Schiff auslief, oder der zur Arbeit mußte, würde im Dunkeln über den überfluteten Uferweg laufen, um den Weg abzukürzen, dachte ich mir."

„Aha", nickte der Oberinspektor.

„Aber es war windig, nebenan bellten die Hunde, und außerdem waren meine Schritte auf dem durchweichten Rasen auch ziemlich laut. Deshalb konnte ich nicht genau feststellen, in welche Richtung die Person ging."

„Das ist einleuchtend", sagte Oberinspektor Lohland.

„Bitte“, sagte Joschi. Er blickte den Oberinspektor flehend an. „Wer war der Junge?“

„Ein Oberschüler. Manfred Jochens. Er war 18 Jahre alt“, berichtete Herr Lohland, ohne in seine Akte zu sehen. „Seine Eltern können sich nicht erklären, was er um diese Zeit in der Hafengegend suchte. Übrigens hat der Vater des Jungen uns gebeten, dir für deine spontane Hilfe zu danken. Sobald sie sich dazu in der Lage fühlen, werden sie sich bei dir melden. Sie haben vor einigen Wochen bereits eine Tochter auf tragische Weise verloren...“

„Wie entsetzlich!“ rief Herr Ruge.

Joschi wurde blaß und rot. „Ich denke immer, wenn ich reingesprungen wäre, hätte ich ihn vielleicht retten können“, sagte er gepreßt.

„Ich bitte dich, Joschi!“ sagte Herr Ruge.

„Nun hör mir einmal gut zu, meine Junge“, sagte Herr Lohland. Er beugte sich vor. Seine grauen Augen blickten ernst. „Wenn du das getan hättest, würdest du mit großer Wahrscheinlichkeit jetzt nicht hier sitzen. Das weißt du selbst. Das Hochwasser war eiskalt und reißend. Du hast keinen Grund, dich mit Selbstvorwürfen zu quälen. Im

Fall einer Gefahr oder Bedrohung handelt jeder Mensch instinktiv. Auf unsere spontane Reaktion haben wir keinen Einfluß, wenn uns hierfür das Training und die Erfahrung fehlen."

Der Oberinspektor lehnte sich wieder zurück. „Manfred Jochens war volltrunken. Alkohol erweitert die Blutgefäße. In dem Augenblick, als Jochens ins eiskalte Wasser stürzte, tötete ihn ein Kälteschock. Das ist übrigens auch schon geübten Schwimmern im Sommer passiert. Leuchtet dir das ein?"

Joschi nickte stumm.

„Unbegreiflich in diesem Zusammenhang sind zwei Dinge", fuhr Herr Lohland fort. „Die Eltern haben mit Bestimmtheit ausgesagt, daß ihr Sohn niemals Alkohol trank, von einem gelegentlichen Bier abgesehen. Also muß ihn jemand dazu verleitet oder ihm gar den Alkohol eingeflößt haben. Um das feststellen zu können, müßten wir herausfinden, wo Manfred Jochens an jenem fraglichen Abend war. Das konnten wir bisher leider nicht. Deshalb ist die Akte uns überstellt worden. Wir haben eine Fotografie des Jungen in allen Hafenkneipen und den umliegenden Restaurants vorgezeigt. Doch niemand scheint Manfred Jochens gesehen zu haben oder ihn zu kennen."

„Und der Bierdeckel?" wandte Joschi ein.

Lohland blickte überrascht. „Welcher Bierdeckel? Was ist damit?" fragte er stirnrunzelnd.

„Als ich..." Joschi schluckte. „Also, ich mußte ja dem Verunglückten den Parka öffnen", sagte er rauh und von der Erinnerung überwältigt. „Um seinen Herzschlag zu prüfen", fuhr er fort. „Dann zog ich ihm den Parka aus. Dabei fiel ein Bierdeckel aus der Parkatasche."

„Wie sah er aus?" fragte Lohland gespannt.

„Viereckig. Er war nur auf einer Seite bedruckt. Mit Reklame, denke ich."

„Welche Reklame? Welche Biersorte? Wo ist der Deckel?" rief Lohland erregt.

„Den habe ich dem Verunglückten wieder in die Tasche gesteckt."

Lohland blätterte nervös in der Akte, fand und studierte die Aufstellung der Gegenstände, die die Polizei bei Manfred Jochens gefunden und sichergestellt hatte.

Er klopfte ärgerlich mit dem Mittelfinger auf das Papier. „Hier steht nichts von einem Bierdeckel!

Wagner!" rief er dem Polizisten an der Schreibmaschine zu. „Rufen Sie SPI 4 an und fragen Sie, ob der Kollege, der den Verunglückten in die Klinik begleitete und seine Sachen übernahm, etwas von einem Bierdeckel weiß."

Der Polizist lief hinaus.

Das Telefon klingelte.

Der Oberinspektor hob den Hörer ab, sagte: „Ja, das weiß ich. Er kommt noch dran. Er möchte sich gedulden."

Joschi vermutete, daß Roman Hansen auf dem Flur ungeduldig wurde.

Der Polizist kam mit dem Bescheid zurück, daß alles, was Manfred Jochens bei sich getragen habe, in der Plastiktüte sei. Von einem Bierdeckel wüßte der Beamte von SPI 4 nichts.

„Er wird beim Abtransport des Verunglückten auf die Erde gefallen sein", sagte der Oberinspektor ärgerlich. „Jetzt hätten wir endlich einen Anhaltspunkt, und da ist er verschwunden! Anhand des Deckels wäre es uns nämlich möglich gewesen, das Hafenlokal zu finden, das Manfred Jochens an jenem Abend besuchte. Die Kellner in Kneipen und Bierbars pflegen den Verzehr ihrer Gäste gewöhnlich auf einem Bierdeckel zu notieren und auf diesem auch die Rechnungssumme auszurechnen. Sie erinnern sich nicht an jeden einzelnen Gast. Doch ihre eigene Handschrift sollten sie wiedererkennen und sich an den Gast erinnern, der die Zeche gemacht hat", erläuterte er.

„Das Wasser ist nicht mehr gestiegen. Vielleicht liegt der Deckel noch im Geröll", mischte sich sein Mitarbeiter ein.

„Richtig, Wagner!" rief sein Chef. „Wir müssen sofort..."

Doch Joschi unterbrach ihn. „Ich war noch einmal dort. Ich wollte..." Joschi verstummte.

„Du hast dir die Stelle noch einmal angesehen, wo du den Verunglückten betreut hat?" fragte Herr Lohland.

„Das hättest du nicht tun sollen", rügte Joschis Vater.

„Und du hast den Bierdeckel nicht gefunden. Hattest du danach gesucht?" fragte Lohland

Joschi schüttelte den Kopf. „Nein. Ich hatte ja keine Ahnung, daß er wichtig sein könnte. Und überhaupt wußte ich auch nicht, daß er wieder aus der Tasche gefallen war. Aber ich hätte ihn gesehen, wenn er noch dagelegen wäre. Ich habe eine ganze Weile dort gesessen..."

„Du solltest dich nicht so quälen", mahnte sein Vater.

Lohland machte sich eine Notiz. „Es war dunkel. Kannst du den Deckel trotzdem beschreiben?" fragte er ohne große Hoffnung, eine positive Antwort von Joschi zu erhalten.

„Meine Taschenlampe brannte. Ich hatte sie neben mich gelegt. Aber ich habe die Bierreklame nicht weiter beachtet. Ein Turm war darauf. Mehr weiß ich nicht. Ich hatte ja Wichtigeres zu tun", sagte Joschi entschuldigend.

„Natürlich!" stimmte Lohland ihm seufzend zu.

„Aber ich habe was anderes bemerkt. Ich weiß allerdings nicht, ob Sie damit etwas anfangen können", sagte Joschi.

„Was hast du gesehen?" fragte der Oberinspektor gespannt.

„Auf der Rückseite des Deckels war eine Telefonnummer notiert. Sie fing mit einer Sieben an. Daneben stand ein Name. Und dann war da noch ein Mädchen gemalt." Joschi berichtigte sich. „Eigentlich kein Mädchen. Es war mehr ein Strichmännchen mit abstehenden Zöpfen", sagte er verlegen.

„Die anderen Zahlen der Telefonnummer weißt du nicht mehr", sagte Lohland, dies als Tatsache feststellend.

Joschi stimmte ihm kopfnickend zu.

„Es wäre auch zu unwahrscheinlich", meinte der Oberinspektor. „Und der Name auf dem Deckel?"

Joschi hob die Schultern. „Es war ein Mädchenname. Er war irgendwie ungewöhnlich."

„Mit ungewöhnlich meinst du selten? Ein seltener Name? Wie... Wie..." Der Oberinspektor suchte nach einem Beispiel.

„Wie Gerke?" schlug sein Mitarbeiter vor. Er hatte im Urlaub ein Mädchen dieses Namens kennengelernt.

Doch Joschi schüttelte den Kopf. „Es war eher ein altmodischer Name."

„Nun, vielleicht fällt er dir noch ein", sagte der Oberinspektor. „Ich werde auf jeden Fall die Bergungsstelle noch einmal absuchen lassen."

Dann ging der Oberinspektor mit Joschi noch einmal die restlichen Ereignisse des fraglichen Abends durch.

Damit war die Befragung zu Ende.

Der uniformierte Beamte legte Joschi und seinem Vater das Protokoll zur Durchsicht und Unterzeichnung vor.

Oberinspektor Lohland begleitete seine Besucher zur Tür.

„Wieso hat das so lange gedauert?" fragte Roman Hansen, der ungeduldig auf dem Flur auf und ab lief.

„Wir haben uns mit dem Bierdeckel aufgehalten", erklärte ihm Joschi.

„Mit dem Bierdeckel?"

„Der Verunglückte hatte einen Bierdeckel in der Tasche. Eine Telefonnummer stand darauf und ein Mädchenname. Der Oberinspektor meint, das könnte wichtig sein. Hast du den Deckel nicht bemerkt? Er ist verschwunden."

Roman Hansen schüttelte den Kopf. „Wie kann das wichtig sein? Ich denke, es handelt sich um einen Unglücksfall", sagte er heftig.

„Ist es wohl auch. Aber die Kripo will wissen, wo Manfred Jochens, so heißt der Verunglückte, an jenem Abend gewesen ist, und ob er in Begleitung war", erläuterte Joschi. Er schlug sich an die Stirn. „Wenn ich mich bloß an diesen verdammten Namen auf dem Bierdeckel erinnern könnte!"

„Er wird dir bestimmt wieder einfallen, wenn du erst einmal den Schock überwunden hast", tröstete ihn sein Vater. „Hör auf, darüber nachzugrübeln, dann kommt die Erinnerung von allein zurück."

„Roman Hansen!" rief ein Beamter.

„Na, endlich!" sagte der Aufgerufene und eilte hinein.

„Geh schon vor, Vater. Ich möchte noch Oberinspektor Ruhwedel begrüßen. Sein Büro ist da drüben. Ich bin mit ihm befreundet", sagte Joschi zu seinem Vater.

Bedrohliches ereignet sich

Am nächsten Tag fuhr Joschi mit Freunden für den Rest der Osterferien in die Berge.

Sie unternahmen Skiwanderungen, prüften ihre Ausdauer im Eisstockschießen und kehrten eine Woche später braungebrannt und strahlend nach Hause zurück.

„Da hat jemand mehrmals telefonisch nach dir gefragt", erzählte Frau Ruge ihrem Sohn.

„Wer war's?" fragte Joschi.

„Ich habe seinen Namen nicht verstanden. Es war eine jüngere männliche Stimme.

„Was wollte er denn?"

„Das hat er nicht gesagt. Er wollte nur wissen, wo und wann er dich erreichen kann. Ich war nicht sicher, ob ihr heute oder erst morgen zurückkommt, bis ich Sandra gestern traf. Die wußte es."

Joschi, der seinen Koffer ausräumte, grinste.

„Heute morgen, am Samstag in aller Frühe, rief der Junge schon wieder an. Ich habe ihm gesagt, daß wir dich mit dem Zug um fünfzehn Uhr erwarten."

„Jetzt ist es gleich sieben. Da hätte er sich ja schon melden können", erwiderte Joschi.

„Bist du in Schwierigkeiten?" fragte Frau Ruge besorgt.

„Wie kommst du denn darauf?" Joschi warf den Wäschebeutel auf den Sessel und blickte seine Mutter empört an.

„Er hat sich danach erkundigt, wo du abends immer hingehst und wer deine Freunde sind. Richtig aufdringlich war er. Aber er wollte mir nicht sagen, worum es geht."

„Wird eine Verwechslung sein. Ich kenne niemanden, der so dringend nach mir verlangen könnte." Außer Sandra, und zu der gehe ich jetzt! fügte Joschi in Gedanken hinzu.

„Falls der Typ sich nochmals meldet, dann bestelle ihm, er solle hinterlassen, wie er heißt und was er von mir will. Oder schicke ihn ins Jugendheim. Da trifft er mich bis um zehn."

Joschi warf seinen Parka über und verließ die Wohnung.

Draußen regnete es. Nach der klaren, sonnigen Witterung in den Bergen fröstelte es Joschi in der dumpfen Kälte der abgasverseuchten Stadt. Er schlug den Kragen hoch und lief zu Sandra hinüber.

Rainer, Sandras älterer Bruder, öffnete ihm die Tür. „Na, wieder im Lande?" meinte er.

„Geht alles vorbei", erwiderte Joschi.

Rainer klopfte an die Badezimmertür. „Joschi ist da!" rief er seiner Schwester zu. „Hock dich ins Wohnzimmer. Sie kommt sicher gleich", sagte er zu Joschi und ging zu seiner Freundin, die in seinem Zimmer saß, zurück.

Sandra kam Joschi nachgelaufen, mit feuchten

Haaren und den Fön in der Hand.
„Joschi!“ sagte sie strahlend.
Joschi drückte sie an sich. „Freust du dich?“
Sandra nickte. „Irrsinnig. Wie war's denn?“
„Enorm – aber anstrengend.“ Er streichelte ihre Schulter. „Warst du mal aus?“
Sandra schüttelte den Kopf. „Du?“
„Wir haben mal einen Hüttenabend mitgemacht.“
„Hast du getanzt?“
„Zweimal.“
„War sie hübsch?“
Joschi grinste.
„Lach nicht!“ Sandra löste sich von ihm.
„Du brauchst doch nicht eifersüchtig zu sein. *Du* bist hübsch“, betonte Joschi.
Sandra lächelte zufrieden. „Ich beeile mich. Hast du schon gegessen?“
„Nein, ich habe nur die nötigsten Klamotten ausgepackt.“
„Gehen wir wohin?“
„Ich dachte, wir essen eine Wurst am Imbiß und schauen dann im Jugendheim rein. Oder lieber Kino?“ schlug Joschi vor.
„Können wir uns ja noch überlegen. Ich bin gleich

soweit", sagte Sandra.

Joschi setzte sich ins Wohnzimmer. In Rainers Zimmer dröhnte die Stereoanlage. Sandras Mutter, die auf dem Fernmeldeamt arbeitete, schien im Dienst oder ausgegangen zu sein. Das bedeutete, daß sie das Wohnzimmer für sich allein hatten.

Da könnten wir eigentlich hierbleiben, überlegte Joschi. Er hatte nur deshalb ans Jugendheim gedacht, weil es dort einen Leseraum gab, der gewöhnlich leer blieb oder nur von Pärchen aufgesucht wurde, wenn das Wetter zu schlecht war, um spazierenzugehen.

„Hat deine Mutter Nachtschicht?" fragte er, als Sandra hereinkam.

„Nein, sie ist draußen bei Oma", erwiderte Sandra, die wieder ganz toll aussah, wie Joschi fand.

„Wollen wir hierbleiben?" schlug er vor.

„Mit Rainer und Eva?" sagte Sandra gedehnt.

„Die stören uns doch nicht. Vielleicht gehen sie auch noch aus?" Joschi zog Sandra zu sich auf die Couch. „Ich möchte lieber mit dir allein sein."

Doch eine halbe Stunde später erinnerte Joschi sich daran, daß er noch kein Abendbrot gehabt hatte.

„Schinken mit Spiegelei?" schlug Sandra vor, nachdem sie in der Küche den Inhalt des Kühlschranks überprüft hatte.

„Klingt gut. Das Essen im Sportcamp war nicht schlecht, aber einfallslos", erwiderte Joschi.

Er setzte sich auf den Küchentisch und sah Sandra beim Eierbraten zu.

„Ich war auf der Beerdigung von dem verunglückten Jungen", erzählte Sandra.

„Komisch, daß du das jetzt erwähnst! Ich habe auch gerade daran gedacht. Ich habe nämlich Roman Hansen, den Jungen, der damals zum Fluß kam, auf dem Bahnsteig gesehen, als wir heute nachmittag ankamen. Ich wollte ihn fragen, ob er noch mal etwas von der Sache gehört hatte. Aber dann wäre beinahe ein böser Unfall passiert, und da verlor ich ihn aus den Augen", berichtete Joschi.

„Was denn für ein Unfall?" erkundigte sich Sandra.

„Eine blödsinnige Geschichte", sagte Joschi kopfschüttelnd. „Wir standen nach dem Aussteigen noch ein bißchen herum und quatschten miteinander. Wie ich mich nach meinem Koffer bücke, schreit plötzlich jemand hinter mir: ‚Achtung!'

Ich kriege einen Stoß in den Rücken, taumele zur Seite – in dem Moment rumpelt der vollbeladene Gepäckwagen an mir vorbei und stürzt über die Bahnsteigkante auf die Schienen. Die Bremsen hatten sich gelöst."

„Das ist ja furchtbar!" sagte Sandra. „Wurde jemand verletzt? Ist ein Zug entgleist?"

„Glücklicherweise nicht, obwohl der Intercity aus Hannover angekündigt war. Sie haben ihn rechtzeitig stoppen können. Bei dem Warnruf des Bahnbeamten sind die Leute vielleicht gelaufen! Mir haben die Knie noch gezittert, als ich zu Hause ankam. Ich stand genau in der Fahrtrichtung des Gepäckkarrens. Stell dir vor, er hätte mich getroffen! Ich weiß ja nicht, wie schlimm sich ein Zusammenstoß mit einem vollbeladenen Karren auswirkt – möglicherweise hätte er mich mit auf die Schienen gerissen, und wenn da gerade der Intercity eingefahren wäre...!"

„Hör auf, Joschi! Das kann ich nicht mit anhören!" rief Sandra.

Joschi rutschte vom Tisch und trat zu ihr an den Herd. „Es ist mir ja nichts passiert", tröstete er sie.

„Wie konnte der Wagen denn in Schwung geraten?“ fragte Sandra.

„Vielleicht ist jemand mit seinem Koffer daran gestoßen und hat ihm den Drall versetzt.“

„Einem vollbeladenen Gepäckwagen?“ meinte Sandra zweifelnd.

Joschi zuckte die Schultern. „Die Bahnpolizei fand auch keine Erklärung dafür. Sie haben natürlich alle Leute auf dem Bahnsteig befragt und verhört. Das hat vielleicht einen Auflauf gegeben! Jemand wollte gesehen haben, daß Kinder sich an dem Wagen zu schaffen machten. Eine Frau behauptete, ein junger Mann habe seine Schnürsenkel auf dem Trittbrett zugebunden und anschließend den Wagen in Bewegung gesetzt. Unzählige Zeugenaussagen, und keine brachte einen konkreten Anhaltspunkt.“

Sandra ließ die Spiegeleier mit Schinken aus der Pfanne auf einen Teller gleiten und stellte den Teller auf den Tisch. Sie nahm Brot und ein Besteck aus dem Schrank. „Guten Appetit.“

„Ißt du nichts?“

„Ich wollte heute abend einmal fasten“, erwiderte Sandra energisch und wischte die Herdplatte mit einem feuchten Schwammtuch ab.

„Du bist dünn genug. Komm, koste mal!“ Joschi drehte sich halb in seinem Stuhl um und hielt Sandra eine Gabel voll Schinkenei hin.

Sandra tat ihm den Gefallen.

„Schmeckt's?“ fragte Joschi, als hätte er das Essen zubereitet.

Sandra lachte. „Bißchen wenig Salz, findest du nicht?“

„Nein“, sagte Joschi und tunkte das Bratenfett mit Weißbrot auf. „War es eine große Beerdigung?“ fragte er.

„Manfreds ganze Schulklasse war da. Die Mutter fehlte. Sie soll vor Kummer zusammengebrochen sein und in einer Klinik liegen, haben zwei Frauen neben mir erzählt.“

Sandra setzte sich Joschi gegenüber. „Sie sagten auch, an den Unglücksfall glaube ja wohl nur die Polizei. Die Art, wie Manfred Jochens starb, sei genauso mysteriös wie der Tod seiner Schwester vor fünf Wochen.“

„So ein Quatsch!“ ereiferte sich Joschi. „Es war ein Unglücksfall. Manfred Jochens war betrunken. Er ist ausgerutscht und in den Fluß gefallen. Was ist daran mysteriös?“

„Ich habe dir nur erzählt, was die Frauen ratschten."

„Was war denn mit der Schwester?" fragte Joschi.

„Keine Ahnung."

Rainer und seine Freundin Eva kamen ausgehfertig in die Küche. „Wir gehen jetzt", sagte Rainer.

„Können wir in dein Zimmer?" bat Sandra.

„Aber bringt das Plattenarchiv bitte heute nicht wieder durcheinander."

„Werden wir nicht", versicherte ihm Joschi.

„Tschüs dann!" sagten Rainer und Eva.

Sandra und Joschi zogen in Rainers Zimmer um. Sie dehnten den Abend aus, bis Sandras Mutter gegen Mitternacht nach Hause kam.

„Wann sehen wir uns morgen?" fragte Joschi im Treppenhaus.

„Es geht nur am Nachmittag. Abends kann ich nicht. Stingels gehen ins Theater", sagte Sandra.

„Dann gehe ich morgen abend mal ins Jugendheim."

Sandra nickte. „Holst du mich von Stingels ab?"

„Klar! Gehen wir vorher ins Kino?"

„Können wir", meinte Sandra.

Und das taten sie dann auch am nächsten Tag, der

ein Sonntag war.

Um sieben Uhr abends ging Sandra zu den Stingels, um die Kinder zu hüten.

Um acht Uhr bestieg Joschi sein Mofa und fuhr zum Flippern ins Jugendheim.

Der Anrufer, der die ganze Woche über so beharrlich darauf bestanden hatte, Joschi sprechen zu müssen, hatte sich nicht wieder gemeldet.

Doch als Joschi sich später am Abend beim Heimleiter eine Limonade holte, sagte die Helferin: „Da hat vorhin jemand nach dir gefragt."

„War er hier?"

„Nein, am Telefon."

„Was wollte er?"

„Wissen, ob du hier bist."

„Hat er seinen Namen genannt?"

„Nein. Als ich ihm sagte, daß du beim Flippern seist, hat er eingehängt."

„Na, dann wird er ja sicher gleich antanzen", meinte Joschi, öffnete seine Limonade und ging in den Spielraum zurück.

Doch der Unbekannte zeigte sich noch immer nicht.

Joschi wartete bis halb elf Uhr. Dann wurde es

Zeit für ihn, Sandra abzuholen. Er verabschiedete sich von den Freunden und schob sein Mofa aus dem Hof auf die Straße.

Es nieselte schon wieder.

Die Autos, die Joschi schnell überholten, bespritzten seine Kleider, und der Fahrtwind wehte den nassen Dreck gegen das Sichtglas seines Sturzhelms. Rücksichtslose Banausen! schimpfte Joschi vor sich hin.

Endlich ließ der Verkehrsstrom nach. Die Straßen in den Villenvierteln waren kaum noch befahren. Doch ein Auto, das schon eine ganze Weile hinter ihm herfuhr, machte Joschi nervös. Weshalb überholt er nicht? fragte sich Joschi. Und er wich hart an den Straßenrand aus, um das Auto vorbeizulassen.

Doch der Autofahrer blieb stur hinter ihm.

Joschi winkte heftig mit dem linken Arm.

Endlich! Der dunkelrote Wagen schoß an ihm vorbei. Es waren nur noch wenige Meter bis zur nächsten Ampel, die spätabends auf Blinklicht umgeschaltet war und dem Rechtsverkehr das Vorfahrtsrecht einräumte. Rechts war frei. Joschi richtete sich darauf ein, hinter seinem Vordermann zügig die Kreuzung zu überqueren.

Da stoppte das Auto abrupt.

Verdammt! dachte Joschi noch. Er bremste. Riß die Lenkstange herum. Das Mofa geriet ins Schleudern. Joschi flog durch die Luft. Er spürte einen heftigen Schlag. Dann verlor er das Bewußtsein.

Als Joschi zu sich kam, roch er Medikamente, fühlte grimmige Schmerzen überall, hörte Motorengeräusche und spürte am Vibrieren seiner Unterlage, daß er in einem fahrenden Wagen lag.

Er öffnete die Augen, blinzelte in eine stechend helle Lampe, sah undeutlich die Gestalt einer Person in einem superweißen Anzug und machte die Augen wieder zu.

„Na, da sind wir ja wieder. Nicht bewegen!" sagte ein Mann mit einer tiefen, belegten Stimme.

Nicht bewegen! Also lebe ich noch! dachte Joschi, bevor es erneut dunkel um ihn wurde.

Am nächsten Tag hatte er das Schlimmste überstanden. Das versicherten ihm jedenfalls die Ärzte und Krankenpfleger, die ihn auf der Intensivstation betreuten.

Doch als Joschi die vielen Schläuche bemerkte, den Schlauch in seiner Nase, die Schläuche an seinen Armen und das bedrohliche Pochen und das schrille Piepsen der Apparaturen hörte, an die er angeschlossen war, um seine Herztätigkeit und seine Organfunktionen zu überwachen, war er nicht geneigt, ihnen zu glauben.

„Was ist denn noch ganz an mir?" flüsterte er mühsam.

„Alles – bis auf ein paar Kleinigkeiten", lautete die fröhliche Antwort des blonden Krankenpflegers, der Joschis Decke zurückschlug und eine Stelle seines Oberschenkels mit einem alkoholgetränkten Wattebausch abrieb.

Witzbold! dachte Joschi. Kleinigkeiten!

„Und weshalb liege ich intensiv?"

„Wegen des Schocks", sagte der fröhliche Blonde, piekte Joschi mit einer Injektionsnadel in den Oberschenkel, deckte ihn wieder zu und überließ Joschi seinem Genesungsschlaf.

Zwei Tage später wurde Joschi von der Intensivstation in ein freundliches Dreibettzimmer in der Chirurgischen Abteilung verlegt.

Seine Eltern durften länger bei ihm bleiben.

Sandra besuchte ihn. Und natürlich die Polizei, die ergründen wollte, wie es zu dem Unfall gekommen war.

Ein schlimmer Verdacht

Die Polizisten kamen schon in der Frühe.

Es waren die beiden Beamten von der Schutzpolizei, die die Unfallstelle abgesichert hatten. Ein Autofahrer hatte den Notarztwagen und die Polizei über den telefonischen Notruf alarmiert und Joschi Erste Hilfe geleistet.

Die Beamten waren jung und schlecht gelaunt.

Joschi war der dritte Jugendliche in zwei Tagen, der im Bereich ihrer Schutzpolizei-Inspektion einen Zweiradunfall verursacht hatte. Die beiden anderen Motorradfahrer waren nicht so glimpflich davongekommen. Der eine würde querschnittgelähmt bleiben. Der andere war noch an der Unfallstelle gestorben. Das ging den beiden Polizisten nahe. Sie wünschten, diese Straßenrocker würden endlich Vernunft annehmen.

„Was gibt denn deine Maschine so her?" fragte der

Rothaarige, der Joschi verhörte.

„Das übliche“, erwiderte Joschi, dem klargewordern war, wessen die Polizisten ihn verdächtigten.

„Macht Spaß, das Mofafahren, nicht?“ sagte der andere, der klein und untersetzt wirkte.

„Sonst hätte ich mir ja wohl keins gekauft“, erwiderte Joschi patzig.

„Man kann da manches manipulieren“, sagte der Rothaarige.

„Weshalb sagen Sie das? Sie haben doch sicher längst festgestellt, daß ich die Maschine nicht frisiert habe, um sie schneller zu machen, oder nicht?“

„Stimmt“, nickte der Rothaarige.

„Wir wollten auch nur mal prüfen, wie rein dein Gewissen ist“, sagte der Untersetzte.

„Es ist rein. Ich habe die Wahrheit gesagt. Hinter mir fuhr ein dunkelroter Pkw, der sich anscheinend nicht zu überholen traute. Vielleicht war der Fahrer betrunken. Ich fuhr deshalb näher an den Bordstein ran, um ihm Platz zu machen. Er überholte mich – und trat dann plötzlich voll auf die Bremsen.“

„Ja, das sagtest du schon. Aber das Kennzeichen hast du nicht erkannt?“fragte der Rothaarige.

„Ich habe nicht darauf geachtet. Und außerdem

war mein Helm bespritzt."

„Du hattest also keine klare Sicht", stellte der Rothaarige fest.

„Hatte ich doch!" widersprach Joschi. „Es war nur..." Er brach ab. Das Verhör ermüdete ihn. Die Platzwunde an seiner Stirn fing zu pochen an.

„Wie viele Personen saßen in dem Auto?" fragte der Untersetzte.

„Eine. Der Fahrer."

„Kannst du ihn beschreiben?"

„Nein, ich fuhr ja rechts von ihm. Er saß links, hinter dem Lenkrad."

„Nach deiner Darstellung ist er also der Unfallverursacher, der überdies Fahrerflucht beging. Da sein Wagen stoppte, hätte er deinen Unfall bemerken müssen. Du bist ja voll auf die Ampel draufgefahren. Leider gibt es keinen anderen unmittelbaren Unfallzeugen. Der Autofahrer, der sich um dich kümmerte, hat kein anderes Fahrzeug bemerkt", sagte der Rothaarige.

„Es kam ja auch keins entgegen. Das Auto, das mich überholte und plötzlich stoppte, war das einzige Fahrzeug", erwiderte Joschi.

„Und es gab nach deiner Meinung keinen Grund

für das plötzliche Bremsen?"

„Die Kreuzung war frei", erwiderte Joschi.

„Besoffene brauchen keinen Grund zum Bremsen. Die setzen den rechten Blinker und scheren dann plötzlich nach links aus", rief Joschis Bettnachbar, ein älterer Fernfahrer.

„Möchtest du Anzeige erstatten?" fragte der Rothaarige.

„Wenn das etwas nützt?"

„Das würde ich auf jeden Fall tun!" rief der Fernfahrer, dessen Beine geschient waren.

„Ja, bitte", sagte Joschi zu den Beamten.

„Erstatten wir also Anzeige gegen Unbekannt", sagte der Rothaarige und nahm ein Formular aus seiner Aktentasche.

Nachdem die Beamten gegangen waren, wurde es in Joschis Krankenzimmer laut.

Die beiden Mitpatienten unterhielten sich über Joschis Unfall. Sie tauschten ihre eigenen Erfahrungen mit rücksichtslosen Autofahrern aus und diskutierten über die Chance, die die Polizei hatte, den Unfallflüchtigen zu ermitteln.

Joschi beteiligte sich nicht an ihrem Gespräch.

Er grübelte über sein Pech nach, das ihn fast zum

Krüppel gemacht hätte.

Am Nachmittag kam Sandra.

Da Joschis Zimmerkollegen ebenfalls Besuch erhielten, fühlte Joschi sich mit Sandra allein und war trotz seiner Schmerzen glücklich.

„Rück deinen Stuhl näher heran“, sagte er.

„Wie geht es dir?“ fragte Sandra.

Joschi nahm ihre Hand. „Die Rippen sind angeknackst, und der Arm ist zweimal gebrochen.“

„Als deine Mutter mir sagte, daß du auf der Intensivstation liegst, habe ich gedacht, ich drehe durch.“

Joschi streichelte ihre Hand. „Unkraut vergeht nicht.“

„Da würde ich mich aber nicht drauf verlassen.“

„Ja“, sagte Joschi. „Ich habe unheimliches Glück gehabt. Vielleicht werde ich noch für was ganz Großes gebraucht?“

„Hoffentlich! Ich soll dich übrigens von der Klasse grüßen. Die Klabusch hat sich fast nicht mehr eingekriegt. Und der Wenzel hat die ganze Politische Stunde damit zugebracht, uns die Gefahren der Zweiradbenutzer im Straßenverkehr einzuhämmern, von wegen überhöhter Geschwindigkeit und so."

„Ich bin nicht zu schnell gefahren", sagte Joschi.

„Weiß ich doch. Ich kenne dich ja."

„Komm mal ein bißchen runter", bat Joschi.

Sandra beugte sich über ihn.

„Deine Lippen sind heiß. Hast du Fieber?" fragte sie.

„Etwas."

„Und die Schmerzen?"

„Es geht."

Sandra legte ihre Hand an seine Wange.

„Die Mühle ist hin", sagte Joschi.

„Ist doch nicht das Wichtigste", tröstete ihn Sandra.

„Ich kriege so schnell keine neue. Das habe ich meinem Vater angesehen."

„Warte erst einmal, bis du wieder gesund bist. Dann läßt er vielleicht doch mit sich reden. Hat die Polizei den Kerl schon erwischt?"

„Nein, und ich glaube auch nicht, daß sie ihn finden werden." Joschi schluckte. „Weißt du, was ich fast glaube, Sandra? Der Kerl hat das absichtlich gemacht. Der wollte mich fertigmachen."

„Weshalb sollte jemand das tun? Du hast doch mit niemandem Streit, oder?“ fragte Sandra entsetzt.

„Nein, aber überlege doch mal: Das Auto hat mich Straßen weit verfolgt. Erst, als wir die fast leere Vorstadt erreicht hatten, überholte mich der Fahrer. Dabei hat er mich geschnitten. Als er die Vollbremsung machte, wußte er genau, daß ich nur Zentimeter von seiner hinteren Stoßstange entfernt war. Der hat nur auf diese günstige Gelegenheit gewartet. Vorher mußte er mit Zeugen rechnen. In dem ruhigen Villenviertel konnte er unerkannt entkommen...“

Sandra unterbrach ihn. „Bitte, beruhige dich, Joschi! Reg dich nicht so auf. Das schadet dir. Das sind doch Hirngespinste.“

„Ich meine, es war beabsichtigt“, beharrte Joschi. „Einen Tag vorher passierte diese Sache auf dem Bahnhof. Da hat sich jemand kurz vorher telefonisch bei meiner Mutter erkundigt, wann ich ankomme. Ohne seinen Namen zu nennen! Im Jugendheim wurde auch angerufen. Aber ich kenne niemanden, der mich sprechen müßte. Weshalb sagt der Anrufer nie, was er von mir will? Da will mich einer ausschalten. Auf dem Bahnsteig ist ihm das nicht geglückt. Deshalb hat er mir am Jugendheim aufgelauert."

„Das redest du dir nur ein. Es waren Zufälle", meinte Sandra.

„Ich glaube nicht mehr an diese Zufälle. Überleg doch mal! Erst wäre ich fast vor einen Zug gestoßen worden, und dann breche ich mir beinahe das Genick. Und in beiden Fällen geschah es nicht durch eigenen Leichtsinn. Es war zweimal jemand anders, der mich in Gefahr brachte."

„Ich weiß nicht recht, Joschi", sagte Sandra zweifelnd. „Hast du der Polizei von deinem Verdacht erzählt?"

„Die würden mir genausowenig glauben wir du", hielt ihr Joschi entgegen. „Du denkst doch auch, mein Gehirn habe bei dem Sturz was abgekriegt", sagte Joschi bitter.

„Das ist nicht wahr, Joschi", versicherte Sandra. „Ich bin nur durcheinander. Ich habe mit dieser Möglichkeit nicht gerechnet. Aber falls es so ist, was können wir dann tun?"

„Das Motiv herausfinden."

„Dazu müßten wir den Unbekannten ausfindig machen."

„Das Motiv brächte uns auf seine Spur."

„Hast du dich im Sportcamp mit jemandem angelegt?" fragte Sandra.

„Nein. Die Telefonanrufe begannen auch schon während meiner Abwesenheit." Joschi blickte Sandra an. „Was meinst du, bin ich hier auch in Gefahr?"

Sandra erschrak.

Doch sie ließ sich ihre Besorgnis nicht anmerken, sondern sagte energisch: „Jetzt mach dich nicht verrückt. Wenn es jemand ist, der glaubt, eine Rechnung mit dir begleichen zu müssen, wird er sich sagen, daß du hinreichend bestraft worden bist. Und wir werden ihm das nicht durchgehen lassen. Laß mich nur in Ruhe nachdenken. Ich komme schon darauf, was dahintersteckt."

„Erzähl meinen Eltern nichts davon", bat Joschi.

„Verrate du dich mal nicht selbst. Da kommt deine Mutter gerade", flüsterte Sandra und stand auf, um Frau Ruge zu begrüßen und ihr den Platz am Bett ihres Sohnes freizumachen.

„Ach, Sandra!" sagte Frau Ruge.

„Guten Tag, Frau Ruge. Ich will gerade gehen", sagte Sandra und zwinkerte Joschi abschiednehmend zu.

„Du siehst nicht gut aus, Junge“, stellte Frau Ruge besorgt fest.

„Es ist ziemlich laut hier. Man kriegt Kopfweh bei den vielen Besuchern“, beklagte sich Joschi.

Frau Ruge bedachte die muntere Gesellschaft am Nebenbett mit einem mißbilligenden Blick. Sie räumte ihre Mitbringsel in Joschis Beistelltisch ein, sank dann erschöpft auf den Stuhl an seinem Bett und ruhte sich von ihrer anstrengenden Berufsarbeit aus, während Joschi schlief.

Wo ist das Motiv?

Sandra ging durch den Stadtpark nach Hause.

Entlang der kiesbestreuten Spazierwege glänzten weiß und rot die frisch gestrichenen Ruhebänke. Städtische Arbeiter waren dabei, die Hecken zu beschneiden, Blumenrabatten umzugraben und die Springbrunnen zu säubern.

Es roch nach Frühling. Zwar wärmte die blasse Märzsonne noch nicht, doch die Knospen der Haselsträucher standen kurz vor dem Aufbrechen, und hier und da blühten Krokusse und Forsythien.

Sandra sah zwar die Verwandlung, die mit der tristen winterlichen Parklandschaft seit ihrem letzten Spaziergang vorgegangen war. Doch richtig bewußt wurde sie ihr nicht. Denn sie dachte über ihr Gespräch mit Joschi nach, und sie fragte sich immer wieder, ob Joschis Verdacht begründet war, und wenn ja, was Joschi getan hatte, um sich derart unbeliebt zu machen, milde ausgedrückt.

Joschi hatte sich durch sein Verhalten offensichtlich jemandes Zorn oder gar Rachegefühle zugezogen. Doch Joschi war weder ein Rocker noch ein Typ, der sich leicht unbeliebt machte. Im Gegenteil. Was also wollte der andere ihm heimzahlen?

Joschi hätte tot sein können. Nur seiner Geistesgegenwart und vielleicht auch sehr viel Glück war es zu verdanken, daß er verhältnismäßig glimpflich davongekommen war.

Wer konnte ihn so sehr hassen, daß er seinen Tod wünschte?

Wer war der geheimnisvolle Autofahrer?

Wer war der mysteriöse Anrufer?

Sandra blieb abrupt mitten auf dem Parkweg stehen.

Ein junger türkischer Arbeiter, der pfeifend die steinernen Löwenköpfe auf dem Rande des Springbrunnenbeckens mit einer Bürste bearbeitete, warf ihr einen aufmunternden Blick zu, in der Meinung, Sandras Interesse gelte ihm.

Doch Sandra bemerkte ihn nicht einmal.

Sie starrte zu der schwarzgekleideten Menschengruppe auf dem Parallelweg hinüber, die offensichtlich zu einem Trauergottesdienst in der Peterskirche unterwegs war.

Ihr Anblick erinnerte sie an eine andere Trauerfeier.

Sandra hatte Manfred Jochens' Todesanzeige in der Zeitung gelesen und war stellvertretend für Joschi zu seiner Beerdigung gegangen.

Sie stand am Rande der Trauergemeinde auf dem Friedhof. Nach vielen ergreifenden Reden wurde Manfred Jochens' Sarg in die Erde hinabgelassen. Da unterbrachen zwei geschwätzige Frauen neben Sandra die Stille und raunten einander zu: „Daß das ein Unglücksfall war, glaubt ja wohl nur die Polizei.“ Die andere antwortete: „Das sagen alle. Auch mein Mann. Die Art, wie der arme Junge hier umkam, ist genauso mysteriös wie der Tod seiner

Schwester vor fünf Wochen."

Das fiel Sandra jetzt wieder ein. Die Erinnerung daran war in dem Augenblick zurückgekehrt, als sie in Gedanken das Wort „mysteriös" aufgriff und gleichzeitig die Trauergesellschaft sah.

Nachdenklich ging Sandra weiter, einen enttäuschten städtischen Arbeiter zurücklassend, der an seinem Charme zu zweifeln begann.

Sie überlegte: Was war vor fünf Wochen mit Manfred Jochens' Schwester geschehen? Deuteten die Bemerkungen der Frauen nicht an, daß sie keines natürlichen Todes gestorben war? Genau wie später ihr Bruder?

Vielleicht lag hier der Schlüssel zu den nachfolgenden Ereignissen?

Die beiden Frauen, und vermutlich die ganze Nachbarschaft, zweifelten daran, daß Manfred einem Unfall zum Opfer gefallen war. Stimmte ihr Verdacht, dann mußte an Manfred Jochens ein Verbrechen verübt worden sein.

Hatte ihn jemand in den Fluß gestoßen? Und befand sich sein Mörder noch in der Nähe, als Joschi auf dem Uferweg erschien? Befürchtete er, daß Joschi sich irgendwann mal einer Auffälligkeit, der er sich in der Hektik der Situation nicht bewußt geworden war, erinnern und die Polizei informieren könnte?

Es mußte einen Zusammenhang geben zwischen dem toten Geschwisterpaar und den Anschlägen auf Joschi, auch wenn er im Augenblick noch nicht ersichtlich war. Denn daß es sich bei Joschis Vermutungen nicht um Hirngespinste handelte, befürchtete Sandra auch.

Sandra verließ den Park in Höhe der Peterskirche.

Sie lief durch die Fußgängerunterführung zur Innenstadt und betrat die Geschäftsräume des Lokalanzeigers eine knappe Viertelstunde vor Schalterschluß.

Sandra orientierte sich kurz und ging dann zielstrebig zu dem Schalter, an dessen Glasscheibe „Vertrieb-Abonnements“ stand.

„Bitte“, sagte Sandra zu dem Verlagsangestellten, der aufstand und zum Schaltertisch kam, „wo kann ich die Zeitungen von Ende Januar bis Anfang Februar einsehen?“

„Hier“, erwiderte der junge Mann. „Aber wir schließen gleich.“

„Es dauert bestimmt nicht lange. Ich suche eine Todesanzeige. Leider weiß ich das genaue Erscheinungsdatum nicht." Sandra lächelte ihr strahlendstes Lächeln. „Vielleicht könnten Sie mir suchen helfen?"

Der junge Mann erlag Sandras Lächeln. Er stürzte zum Zeitungsarchiv und schleppte zwei große Ordner im Zeitungsformat heran. „Das sind die beiden letzten Januarwochen. Ich nehme mir Anfang Februar vor. Wie heißt der Verstorbene?"

„Es ist ein Mädchen. Der Nachname ist Jochens. Den Vornamen weiß ich nicht."

Der Zeitungsmann schien ungewöhnliche Wünsche und ungenaue Angaben gewohnt zu sein. Sein Gesicht verriet weder Mißbilligung noch Neugierde, als er auf seinem Schreibtisch die Familienanzeigen durchblätterte.

Sandra hatte ihren Ordner noch nicht zur Hälfte durchgearbeitet, als der Vertriebsangestellte ihr zurief: „Brigitte Jochens? Siebzehn Jahre alt?"

„Das könnte sie sein. Darf ich mal sehen?" rief Sandra aufgeregt.

Der junge Mann brachte ihr das Zeitungsjournal.

Sandra suchte die Namen der Hinterbliebenen:

Gisbert und Monika Jochens, Manfred Jochens!

Sie las den oberen Anzeigentext: „Wir haben unser Liebstes verloren.“ Dann folgten der Name und die Geburts- und Todesdaten. Darunter stand: „Unser Schmerz ist grenzenlos.“

Sandra schluckte. Auf eine seltsame Weise war sie von der Trauer dieser ihr fremden Familie um ihre Tochter bewegt.

Sie räusperte sich.

„Falls das Mädchen an einem Unfall starb, steht darüber etwas in der Zeitung?“ fragte sie.

„Das kommt auf die Dramatik der Sache an“, erwiderte der Verlagsangestellte. Er drehte den Zeitungskopf zu sich und blätterte die Lokalseite auf, überflog die Überschriften der Beiträge, blätterte weiter und sagte dann: „Hier habe ich etwas. Vielleicht ist es das, was Sie suchen?“

Sandra beugte sich über den Artikel, auf den sein Finger zeigte.

Rauschgifttote auf einer Parkbank

Die harte Droge Heroin forderte in unserer Stadt ein weiteres Todesopfer. Auf einer Parkbank wurde die 17jährige Brigitte J. tot aufgefunden.

Noch ist nicht einwandfrei geklärt, ob hochpro-

zentiges Heroin gespritzt wurde, oder ob dem Rauschgift Stoffe beigemischt wurden, die zum Tode des Mädchens führten.

Die Kriminalpolizei nimmt den Fall zum Anlaß, erneut eindringlich vor dem Konsum von Drogen zu warnen. Wesentlicher Grund dafür, warum die Zahl der Toten in letzter Zeit so in die Höhe schnellt, ist nach Mitteilung des Innenministeriums die Tatsache, daß eine neue Heroinsorte von einem Reinheitsgrad von bis zu 90 Prozent dabei ist, den deutschen Markt zu erobern. Mit diesem Stoff setzen sich viele Fixer den „goldenen Schuß"...

Sandra ließ die Zeitung aufgeschlagen liegen, bedankte sich und ging erschüttert hinaus.

Am nächsten Tag suchte Sandra Oberinspektor Ruhwedel vom Morddezernat im Polizeipräsidium auf.

Sandra und Joschi hatten wiederholt mit ihm zusammengearbeitet.

Anfangs hatte der Oberinspektor Sandras Einmischung in die polizeiliche Ermittlungsarbeit mit Mißbilligung aufgenommen. Doch ihre Hinweise erwiesen sich oft als seiner Arbeit nützlich, und so wurden sie Freunde, obwohl Heinz Ruhwedel doppelt so alt wie Sandra und Joschi war.

Offiziell zeigte Oberinspektor Ruhwedel sich weiterhin väterlich streng mit ihnen. Doch war er immer bereit, sie anzuhören und ihre kriminalistischen Alleingänge zu verzeihen, solange sie weder seiner Berufsarbeit noch ihnen selbst schadeten.

Sandra traf den Oberinspektor bei seiner nachmittäglichen Kaffeepause an.

Ihr Besuch schien ihn zu freuen.

Er kam um seinen Schreibtisch herum, begrüßte Sandra und sagte: „Schön, daß ihr hin und wieder bei mir hereinschaut. Joschi hat mich vor seiner Abreise in die Berge besucht. Setz dich. Magst du einen Kaffee oder lieber Cola?“

„Kaffee wäre recht“, sagte Sandra.

„Zucker und Sahne?“ fragte Inspektor Panke, der an dem zweiten Schreibtisch im Zimmer saß.

„Nur Sahne, bitte.“

„Wird sofort serviert, meine Dame.“ Dieter Panke ging in den Nebenraum und kam mit einem Becher voll Milchkaffee zurück.

„Danke“, sagte Sandra. Und zu dem Oberinspektor, der wieder hinter seinem Schreibtisch Platz genommen hatte: „Joschi liegt im Krankenhaus.“

„Was! Ein Skiunfall?“ rief der Oberinspektor.

„Mordversuch“, erwiderte Sandra ernst.

Heinz Ruhwedel hob überrascht die buschigen Augenbrauen, während Dieter Panke sich auf seinem Stuhl umdrehte und Sandra anstarrte, als habe er sich verhört.

„Erzähle!“ forderte der Oberinspektor Sandra auf.

Sandra schilderte ihm den Tathergang.

„Wie kommt ihr drauf, daß es sich um einen Mordversuch handelt? Für mich klingt das eher nach einem alltäglichen Unfall mit Fahrerflucht. Was meinen denn die in der Sache ermittelnden Kollegen?“ wollte Heinz Ruhwedel wissen.

„Denen hat Joschi von seinem Verdacht nichts gesagt. Er ist selber erst später darauf gekommen. Da sind nämlich noch andere Dinge passiert“, erklärte Sandra und erzählte von den mysteriösen Telefonanrufen und von dem Beinaheunfall auf dem Bahnhof.

Oberinspektor Ruhwedel blieb skeptisch. „Und das Motiv?“ fragte er gedehnt.

Sandra überging seine Frage. „Wissen Sie, weshalb Joschi neulich im Polizeipräsidium war, als er

Sie besuchte?" fragte sie.

„Zwecks Zeugenvernehmung in einer Unfallsache mit Todesfolge, wenn ich mich recht erinnere", erwiderte Ruhwedel verwundert.

„Auch das war kein Unfall. Es war Mord!" belehrte ihn Sandra.

Heinz Ruhwedel blitzte Sandra ärgerlich an. „Der Mordkommission ist in den letzten Wochen kein solcher Fall von einer anderen Abteilung überstellt worden. Oder doch, Dieter?" fragte er seinen Mitarbeiter.

Inspektor Panke schüttelte energisch den Kopf.

„Na, also!" sagte der Oberinspektor zu Sandra.

Doch Sandra ließ nicht locker. „Ich war auf der Beerdigung von Manfred Jochens. So hieß der angeblich Verunglückte. Da habe ich gehört, wie zwei Frauen sich darüber empörten, daß die Polizei an einen Unfall glaubt, während die ganze Nachbarschaft es angeblich besser weiß."

„Jochens...?" wiederholte Heinz Ruhwedel gedehnt.

„Der Name kommt Ihnen bekannt vor, nicht?" sagte Sandra triumphierend. „Er sollte es auch sein. Manfreds Schwester, Brigitte Jochens, wurde Anfang Februar tot auf einer Parkbank aufgefunden. Heroin! Sie müßten den Fall zusammen mit dem Rauschgiftdezernat bearbeitet haben."

Oberinspektor Ruhwedel nahm den vor ihm stehenden Becher, blickte gedankenvoll in den Kaffee, trank einen Schluck und setzte den Becher langsam ab.

Er blickte Sandra an. „Du vermutest hier Zusammenhänge?"

Sandra nickte heftig.

„Welche?" fragte der Oberinspektor.

„Das weiß ich doch nicht. Deshalb bin ich zu Ihnen gekommen. Sie müssen etwas unternehmen, bevor der Täter noch einmal zuschlägt und Joschi umbringen kann!" rief sie hysterisch.

Ruhwedel wurde böse. „Nimm dich zusammen, Sandra!" wies er sie zurecht. „Das, was du bisher vorgebracht hast, sind reine Vermutungen. Die klatschsüchtige Nachbarschaft der Familie Jochens mag ihre eigenen Überlegungen über die beiden Todesfälle anstellen, das können wir ihr nicht verwehren. Aber die Ermittlungsarbeit der Kripo wird nicht so leichtfertig geführt, daß solche Zusammenhänge verborgen bleiben könnten, falls sie bestünden. Das solltest zumindest du doch wissen", hielt Ruhwedel ihr vor. „Ich versichere dir, es gibt keinen Zusammenhang zwischen den beiden Todesfällen. Es handelt sich hier um jene tragischen Schicksalsschläge, von denen Familien betroffen werden können. Die Eltern haben kurz hintereinander ihre beiden Kinder verloren. Das Mädchen starb durch Rauschgift, der Junge fiel in den Fluß und erlag einem Herzschlag. Das sind schwer begreifliche Ereignisse und mehr, als Eltern verkraften können, aber sie sind nicht ungewöhnlich."

„Sie vergessen die Anschläge auf Joschi", hielt Sandra ihm trotzig entgegen.

„Die durch nichts bewiesen sind und ebensogut Zufälle sein können", erwiderte der Oberinspektor. „Doch nehmen wir an, Manfred Jochens' Unfall war tatsächlich vorgetäuscht. Was könnte der Täter deiner Meinung nach von Joschi befürchten?"

„Daß Joschi ihn gesehen hat."

„Hat Joschi den Täter gesehen?"

„Nein...", gestand Sandra gedehnt.

„Eben! Denn dann hätte Joschi dies zu Protokoll gegeben, und die Fahndung würde laufen. Die Akte wäre nicht geschlossen, sondern uns, der Mordkommission, überstellt worden.“

Sandra protestierte. „Ich glaube nicht an Zufälle. Irgend etwas muß der Täter vermuten. Er denkt, daß Joschi ihm gefährlich werden könnte. Vielleicht weiß er nicht, daß Manfred Jochens sofort tot war und fürchtet, er könnte Joschi etwas zugerufen haben ... oder so ...“

„Es gibt keinen Täter, Sandra! Zumindest nicht im Fall dieses Manfred Jochens. Wir wüßten davon“, versicherte der Oberinspektor drängend.

Inspektor Panke mischte sich ein. „Ich denke, daß Joschi durch seine schweren Unfallverletzungen mitgenommen ist und noch immer unter Schock steht. Die behandelnden Ärzte würden dir das gewiß bestätigen, Sandra. Die Anrufe klären sich bestimmt auf und stellen sich als harmlos heraus.“

„Und die Sache auf dem Bahnsteig?“

„Mein Gott, Sandra!“ sagte Heinz Ruhwedel. „Du hast selbst gesagt, daß zahllose Leute sich dort aufhielten, die auf den Intercity warteten. Alle diese Leute könnten sich nun einbilden, Ziel eines Mordanschlages gewesen zu sein.“

„Falls man anschließend versucht hätte, sie in

einen tödlichen Verkehrsunfall zu verwickeln", sagte Sandra.

Heinz Ruhwedel und Dieter Panke blickten einander an.

„Noch einen Kaffee, Sandra?" fragte Inspektor Panke.

„Nein, danke. Was geschieht nun?" fragte Sandra.

„Ich schlage vor, du hörst auf, dir unbegründete Sorgen zu machen, und beruhigst Joschi, damit seine Genesung nicht gefährdet wird", schlug Ruhwedel begütigend vor. „Sag ihm, ich schaue in den nächsten Tagen mal nach ihm. In welcher Klinik liegt er?"

„Im Marienstift." Sandra stand auf und reichte dem Oberinspektor über den Schreibtisch die Hand. „Wiedersehen."

„Auf Wiedersehen, Sandra." Ruhwedel hielt ihre Hand fest. „Weshalb bist du wütend? Freu dich doch, daß Joschi lebt und auf dem Weg der Besserung ist."

Sandra entzog ihm ihre Hand. „Darf ich noch etwas fragen?" sagte sie kühl.

Heinz Ruhwedel lächelte ihr zu. „Aber natürlich."

„Woran genau starb Brigitte Jochens?“

Oberinspektor Ruhwedel runzelte die Stirn. Er ließ sich Zeit mit seiner Antwort. Endlich sagte er: „An einer Überdosis Heroin.“ „Starb sie auf der Parkbank?“

„N...ein.“

„Wissen Sie, wer sie dorthin gebracht hat?“

Ruhwedels Stirn rötete sich. „Die Ermittlungen sind noch nicht abgeschlossen.“

„Sie wissen es also nicht“, stellte Sandra sachlich fest.

„Kruzitürken! Was hat das eine mit dem anderen zu tun? Du bist das hartnäckigste, uneinsichtigste Frauenzimmer, das mir jemals begegnet ist!“ wetterte Ruhwedel. „Worauf willst du nun wieder hinaus? War Manfred Jochens etwa rauschgiftsüchtig?“

„Weiß ich doch nicht“, erwiderte Sandra schnippisch.

„Er war es nicht! Sonst wäre seine Akte nicht geschlossen worden!“ brüllte Ruhwedel.

Die Tür zum Nebenzimmer wurde geöffnet, und ein erschrockener Polizist streckte seinen Kopf ins Zimmer.

Ruhwedel winkte ihm, zu verschwinden.

Der Polizist zog die Tür wieder zu.

„Ciao, Herr Panke", sagte Sandra.

„Ah... Wiedersehen", stotterte der Inspektor und blickte Sandra verdutzt nach.

„Dieter!" brüllte der Oberinspektor Ruhwedel, nachdem Sandra die Tür hinter sich geschlossen hatte. „Häng dich ans Telefon und finde heraus, wer die Unfallsache mit Manfred Jochens bearbeitet hat, und bitte die Kollegen um Einsichtnahme in die Akte. Falls irgend etwas faul an der Sache ist, möchte ich sie dem Chef vortragen. Möglicherweise muß die Klinik verständigt werden, damit man Joschi Ruges Besucher überwacht."

Was war mit den Geschwistern los?

Sandra verließ um einige Sorgen leichter das Präsidium.

Sie durfte mit dem Verlauf ihrer Unterredung mit Oberinspektor Ruhwedel zufrieden sein.

Der Oberinspektor hatte sich zunächst mißtrauisch gezeigt. Das war zu erwarten gewesen. Sie selbst hatte Joschi zunächst auch nicht geglaubt.

Doch dann war der Oberinspektor nachdenklich geworden. Und zum Schluß hatte er getobt. Das zeigte, daß er beunruhigt war.

Sandra hatte ihn auf eine Fährte geführt.

Oberinspektor Ruhwedel würde die Spur aufnehmen und den Fall Manfred Jochens erneut aufrollen, wenn er herausfand, daß Manfred Jochens' letzte Stunden des Abends, an dem er starb, nicht zu rekonstruieren gewesen waren. Das würde ihm zu denken geben, und er würde nicht eher ruhen, bis der Unfalltod in der regelmäßigen Fallbesprechung des Mordkommissariats diskutiert wurde.

Sandra überlegte, daß es dem Oberinspektor nicht leicht gemacht werden würde, seine Kollegen und vor allem seinen Chef davon zu überzeugen, daß die Möglichkeit eines Zusammenhanges zwischen dem Rauschgifttod der Schwester und dem Unfalltod des Bruders bestand. Es gab keine konkreten Hinweise darauf. Der Verdacht beruhte auf Klatsch und Vermutungen, und das war eine schlechte Ausgangsposition. Sie machte es überdies notwendig, die Eltern der verstorbenen Geschwister, ihren Freundeskreis und die Nachbarschaft erneut zu verhören beziehungsweise in die Nachforschungen einzubeziehen.

Sandra beschloß, keine Zeit zu verlieren. Noch wußte der Täterkreis nicht, daß die Polizei nicht so arglos war, wie es sich aufgrund der schnellen Bestattungsfreigabe des Verunglückten vermuten ließ.

Sandra ging davon aus, daß Manfred Jochens ebenfalls rauschgiftsüchtig gewesen war und vielleicht gedroht hatte, die für den Tod seiner Schwester Verantwortlichen anzuzeigen, falls er nicht künftig mit kostenlosem Stoff versorgt wurde – oder, daß er nicht rauschgiftsüchtig gewesen, jedoch auf andere Art in die Sache verwickelt war und den Dealern gefährlich zu werden drohte.

Um sich seiner zu entledigen, lockten die Täter Manfred Jochens in eine Falle. Sie machten ihn betrunken und stießen ihn in den Hochwasser führenden Fluß, damit das Ganze wie ein Unfall erschien und den Verdacht von der Rauschgiftszene ablenkte.

Dabei mußte ihnen ein Fehler unterlaufen sein, von dem die Täter wußten, der aber Joschi und der Polizei bisher verborgen geblieben war.

Während Sandra durch die Fußgängerzone heimwärts ging, zermarterte sie ihr Hirn nach einer Möglichkeit, Näheres über die Geschwister Jochens zu erfahren. Schließlich konnte sie nicht einfach bei den leidgeprüften Eltern vorsprechen und sagen: „Ich vermute, daß Ihr Sohn ermordet wurde. Mit wem verkehrte er, und wer waren die Freunde Ihrer Tochter?"

Von der Polizei konnte sie ebenfalls keine Auskünfte erhoffen. Blieb also die Rauschgiftszene... Sandra entsetzte zunächst die Kühnheit dieses Gedankens. Doch je länger sie darüber nachdachte, um so mehr verlor er an Schrecken.

Was konnte ihr schon passieren? Die Plätze, auf denen die Süchtigen und ihre Lieferanten sich trafen, waren jedem Bürger zugängig. Sie würde mit einer Freundin einen Bummel durch die Bahnhofsgegend machen, wo die Stripteasebars, und durch die Altstadt, wo die heißesten Discos angesiedelt waren, nicht zu vergessen die Burgruine oberhalb der Parkanlagen, wo die Stadtstreicher und Ausgeflippten lagerten.

Sandra überlegte, mit wem sie dieses Unternehmen wagen könnte.

Ihre Wahl fiel schließlich auf Andrea. Die Klassenkameradin galt als unternehmungslustig und verschwiegen.

Sandra steuerte die nächste Telefonzelle an und hoffte, daß Andrea nicht bereits verabredet war.

Und sie hatte Glück. Andrea langweilte sich zu Hause und griff begierig Sandras Vorschlag auf, eine Sause durch die Stadt zu machen.

Die beiden Mädchen verabredeten, sich um neun Uhr vor dem Bahnhof zu treffen.

Andrea wartete schon auf Sandra, deren Bus Verspätung hatte. Sie sah verwegen aus in ihrem geblümten langen Fummel, der selbstgestrickten Schlabberjacke und den breitschäftigen Cowboystiefeln. Sie rauchte eine Zigarette.

Während sie Sandra entgegenging, sprach ein kleiner, verwahrlost aussehender Junge Andrea an.

Andrea schüttelte den Kopf und hob bedauernd die Schultern. Der Junge lief neben ihr her. Als Andrea ihre Zigarette wegwarf, stürzte sich das Kind auf den Stummel.

„Was wollte der Knirps von dir?“ fragte Sandra.

„Ich sollte ihm Geld geben. Er habe den ganzen

Tag noch nichts gegessen, wollte er mir weismachen."

„Vielleicht hat er wirklich nicht?" meinte Sandra.

„Denkste! Ich kenne diese Bürschchen. Der braucht Geld für Bier und Zigaretten."

Sandra drehte sich nach dem Jungen um.

Sie sah das Kind mit einem älteren Jungen sprechen. Der Größere hielt mit einer fordernden Geste die Hand auf. Der Kleine holte etwas aus seiner Hosentasche und ließ es in die ausgestreckte Hand fallen. Münzen vermutlich. Andrea schien richtig zu liegen. Der Kleine schaffte für den Größeren an. Es wimmelte von dieser Art Kinder auf dem Bahnhofsgelände.

„Also? Was unternehmen wir?" wollte Andrea wissen.

„Was schlägst du vor?" fragte Sandra.

„Ich kenne eine ganz heiße Disco mit 'nem irren Typ an der Leier. Der zieht eine ganz verrückte Schau ab. Ist gleich hier in der Nähe."

Die Disco entpuppte sich als die übliche Mischung aus Lärm, Dunkelheit, Hitze und rotierendem Licht.

Dichtgedrängt saßen, standen, tanzten Jungen

und Mädchen. Auf der Treppe zur Empore küßten sich Paare, andere saßen dösend herum. Es war so dunkel, verraucht und voll, daß Sandra keine Chance sah, mit jemandem ins Gespräch zu kommen, der wissen würde, wovon sie sprach.

Sie versuchte es trotzdem.

„Weißt du, wo man hier was kriegen kann?" fragte sie den Typ, mit dem sie tanzte.

„He?" brüllte der zurück.

„Ich brauch was!" schrie Sandra ihm ins Ohr.

„Klar macht's Spaß!" brüllte der Junge zurück.

Sandra gab es auf. Außerdem gefiel ihr der Laden nicht. Sie tanzte von dem Jungen weg und auf Andrea zu. „Laß uns hier verschwinden! Ich find's doof!" brüllte sie Andrea ins Ohr.

Andrea protestierte mit den Händen. Doch Sandra faßte sie einfach um die Taille und schob sie zum Ausgang.

„Das ist ja der reinste Kindergarten!" schnaufte sie entrüstet.

„Spätestens um halb elf sind die alle draußen. Die interessanten Leute kommen nie vor Mitternacht", erwiderte Andrea.

„Dann muß ich auch zu Hause sein."

„Okay, gehen wir woanders hin", stimmte Andrea zu. Sie überlegte. „Das *Simbala!*" rief sie dann. „Aber da verkehren auch Rocker. Manchmal machen sie Stunk."

„Vor Rockern fürchte ich mich nicht", behauptete Sandra kühn. „Aber eigentlich stehe ich nicht besonders auf Discos. Du, wollen wir mal zur Ruine rüber?" Sandra schlug es in einem Ton vor, der glauben ließ, diese Idee sei ihr gerade gekommen.

„Was versprichst du dir denn davon? Die Freaks sind doch langweilig. Außerdem hängen da immerzu Bullen rum."

„Es muß ja nicht gerade heute abend eine Razzia sein. Los, komm doch! Sei kein Spielverderber", drängte Sandra.

Doch Andrea schüttelte den Kopf. „Ist ja beknackt, bei denen aufzukreuzen. Ich war mit Freunden im Sommer da. Die Leute, die da rumhängen, sind entweder kriminell oder ausgeflippt, und es geht ihnen so dreckig, daß du nicht hinschauen kannst. Die Ruine ist Endstation."

Sandra sah sich gezwungen, Andrea einzuweihen.

„Ich muß irgendwie an die richtigen Leute rankommen", sagte sie. Sie hängte sich bei Andrea ein, und während sie weitergingen, klärte sie die Freundin über ihre Probleme auf.

„Du packst die Sache falsch an", sagte Andrea schließlich. „Niemand von der Rauschgiftszene wird dir Auskunft über einen Dealer geben, schon gar nicht, wenn du als Empfehlung den Namen eines Mädchens erwähnst, das am goldenen Schuß gestorben ist. Sobald du nach Stoff fragst, wird niemand wissen, wo du ihn bekommen kannst, selbst wenn sie bis obenhin zu sind. Und weißt du, weshalb? Jeder, der von dem Zeug abhängig ist, wurde von einem Freund mit Rauschgift bekannt gemacht. Also wendet er sich bei Bedarf zunächst an den Freund. Und ist der auf Entzug, ausgeflippt oder im Knast, hast du inzwischen genügend andere Leute kennengelernt, die dir besorgen, was du brauchst. Fast jeder Süchtige ist gleichzeitig auch ein Dealer. Wie sonst sollte er das nötige Geld für seine Tagesrationen zusammenbringen?"

Sandra leuchtete das ein. Sie ließ den Kopf hängen.

„Vielleicht kann ich dir helfen", sagte Andrea.

Sandra blickte sie erstaunt an.

„Ich habe vor ein paar Monaten einen Jungen kennengelernt“, gestand Andrea. „Erinnerst du dich an unser Weihnachts-Singspiel, das wir in der Jugendstrafanstalt aufführten?“

Sandra nickte verwundert.

„Einer der Strafgefangenen sprach mich in der Pause an. Er erzählte mir, daß seine Familie und seine Freundin mit ihm gebrochen hätten, und er fragte, ob er mir schreiben dürfe.“ Andrea blickte verlegen. „Ich habe ihn Weihnachten besucht.“

„Im Knast?“

Andrea warf den Kopf in den Nacken. „Na, und?“

Alle Achtung! dachte Sandra. Das hätte ich unserer kaltschnäuzigen Andrea nicht zugetraut.

„Und wie ging’s weiter?“ fragte sie.

„Er ist seit fünf Wochen raus. Rein kam er wegen Vergehens gegen das Betäubungsmittelgesetz. Er war süchtig. Sie gaben ihm, bevor er seine Strafe verbüßen mußte, die Chance, einen Entzug zu machen. Es war sein zweiter. Diesmal hält er durch.“

„Sagt er!“ betonte Sandra.

„Er hält durch. Ich weiß es. Er hat mir erzählt, was

für eine Hölle das war. Er sagt, wenn's wieder soweit mit ihm kommt, bringt er sich um. Und das lasse ich nicht zu."

„Hast dir aber eine Menge vorgenommen."

„Ich weiß selbst, worauf ich mich eingelassen habe. Ich denke, er ist es wert."

„Viel Glück", sagte Sandra. „Und wie kann er mir helfen?"

„Er kennt sich in der hiesigen Rauschgiftszene aus. Wir besuchen ihn. Er arbeitet als Aushilfskellner in der *Theaterklause.*"

Die *Theaterklause* lag neben den Kammerspielen. Die Besucher der Abendvorstellungen, die Schauspieler und andere Theaterleute nahmen hier gern einen späten Imbiß ein.

Es saßen nur wenige Gäste an den rustikalen Holztischen, als Sandra und Andrea die Klause betraten. Die letzte Vorstellung war noch im Gange. Die beiden Kellner unterhielten sich mit dem Mann hinter dem Tresen.

Der eine der Kellner, ein hübscher blonder Junge mit blasser Gesichtsfarbe, winkte Andrea, sich an den hinteren Fensterplatz zu setzen, der offenbar zu seinem Revier gehörte.

Wenig später kam er selbst an ihren Tisch. Er wirkte sehr mager, und als er lachte, sah Sandra, daß er schlechte Zähne hatte, vermutlich eine Folge der ständigen Unterernährung während der Zeit seiner Rauschgiftabhängigkeit. Sein gelblich-blasser Teint deutete auf einen Leberschaden hin.

Andrea machte Sandra mit ihrem Freund bekannt.

„Wir müssen dich sprechen, Udo", bat Andrea.

Udo nickte. „Was trinkt ihr?"

„Zwei Dunkelbier", orderte Andrea.

Udo ging zum Tresen, gab die Bestellung ab und ging zu einem anderen Tisch, wo die Gäste zu zahlen wünschten.

Als er mit den Bieren zu Andrea und Sandra zurückkam, blieb er hinter Andreas Stuhl stehen. „Setzen darf ich mich nicht. Aber unterhalten geht in Ordnung", sagte er. Er stützte sich mit der Hand auf Andreas Stuhllehne. „Worum geht's?"

Sandra beugte sich vor und fragte leise: „Hast du den Namen Brigitte Jochens schon mal gehört?"

Udo schüttelte den Kopf.

„Sie wurde Anfang Februar tot auf einer Parkbank gefunden. Heroin!" erläuterte Sandra.

„Davon habe ich gelesen."
„Gelesen? Ich denke, du warst damals..."
Udo unterbrach sie. „Sie versorgten uns mit Zeitungen."
„Aber du kanntest das Mädchen nicht? Oder ihren Bruder Manfred?"
„Nein, tut mir leid."
„Kannst du mir einen Tip geben, woher sie den Stoff bezogen haben könnte?"
Udo lachte ironisch. „Machst du Witze? Gib mir Geld, und ich besorge dir jede Menge Stoff oder was auch immer."
„Udo!" mahnte Andrea entsetzt.
„Theoretisch", beruhigte er sie. „Die Plätze, wo du satt werden kannst, sind nicht aufzuzählen. Wozu bist du überhaupt hinter dem Dealer her? War das Mädchen eine Freundin von dir?"
„Nein, und es würde zu lange dauern, dir das zu erklären. Du meinst also, daß es aussichtslos ist, sich umzuhören? Kannst du mir nicht wenigstens eine Adresse geben?" drängte Sandra.
„Ich bin doch nicht lebensmüde!" protestierte Udo. „Dann könnte ich mir ja gleich den goldenen Schuß geben. Nicht mal die Bullen haben mich zum

Singen gebracht. Ich bin raus aus der Szene, und damit hat es sich, verstehst du?" Er beugte sich über Andreas Stuhl vor. „Ich gebe dir einen freundschaftlichen Rat: Versuche nicht, einen von denen aufs Kreuz zu legen. Deiner hübschen kleinen Visage bekäme das schlecht."

Sandra kniff die Lippen zusammen.

„Mach ihr nicht Angst, Udo!" sagte Andrea ungehalten.

„Sie braucht das, wenn sie so naiv ist. Sie schreit ja geradezu nach trouble. Hör zu", sagte er zu Sandra. „Weshalb versuchst du es nicht in dem Freundeskreis des Mädchens? Kann sein, daß diese Brigitte sich zum erstenmal einen verpaßt hat. Dann ist es garantiert auf einer privaten Sause passiert. Wenn einer selbst satt ist und an den Stoff gewöhnt, vergißt er leicht, daß man zu Anfang nicht zu hoch dosieren darf. Kann auch sein, daß es sich um Amateure handelte, die ihrer Party einen Kick geben wollten, und dieses Mädchen ist dabei über die Klinge gehüpft."

Der andere Kellner kam an ihren Tisch. „Die Gäste von sieben", sagte er mahnend.

Udo ging zu Tisch sieben und nahm eine Bestellung entgegen.

Durch die Eingangstür strömten jetzt in Scharen die Gäste. Die Abendvorstellung war zu Ende, und für die Kellner in der *Theaterklause* begannen die hektischsten Stunden ihres Dienstes.

Andrea und Sandra zahlten ihre Getränke und verabschiedeten sich von Udo.

„Eines wenigstens habe ich gelernt", sagte Sandra draußen. „Das, was man in den Zeitungen über die Rauschgiftszene liest, ist nur die Spitze des Eisberges. In Wirklichkeit scheinen viel mehr Leute von Drogen abhängig zu sein oder damit herumzuspielen, als die Öffentlichkeit ahnt. Wir hören nur von den spektakulären Fällen: daß jemand sich zu Tode gefixt hat oder daß ein Verteilerring der Polizei ins Netz gegangen ist. Die Tausende, die von Hasch oder Alkohol auf harte Drogen umsteigen, bleiben so lange anonym, bis einer von ihnen mal wieder als spektakulärer Fall aktenkundig wird."

„Ich bin froh, daß Udo jetzt draußen ist", sagte Andrea. Sie blickte Sandra ernst an. „Nimm seine Warnung ernst und überlaß der Polizei die Ermittlung. Es ist gefährlich."

„Und wenn Joschi inzwischen noch Schlimmeres

passiert?“ Sandra wußte, daß sie nicht nachlassen durfte in ihrem Bemühen um Aufklärung der mysteriösen Anschläge auf ihren Freund. Zwar war ihr im Moment noch nicht recht klar, wie sie weiter vorgehen sollte.

Sie grübelte ein paar Tage darüber nach.

Dann kam ihr eine Idee.

Wie an jedem Nachmittag machte Sandra zunächst ihren gewohnten Besuch im Krankenhaus.

Joschi schien es von Tag zu Tag besser zu gehen. Sein Brustkorb war wegen der Rippenprellung zwar noch bandagiert und sein Arm eingegipst, doch er hatte kein Fieber mehr, und den Unfallschock hatte er ebenfalls überwunden.

Er unterhielt sich mit Sandra über die Schule, über die gemeinsamen Freunde und über dies und das. Auf seine Befürchtungen, jemand könnte ihn umzubringen versuchen, kam er nicht zurück.

Auch Sandra erwähnte es nicht, um ihn nicht in ihren Plan einweihen zu müssen.

Vom Krankenhaus fuhr Sandra mit der Buslinie 9 zum Stadtteil Leitwinkel hinaus, wo die Familie Jochens wohnte. Sandra hatte die Adresse im Telefonbuch nachgeschlagen.

Die Wohnung der Familie Jochens befand sich in einem grauen Vorkriegshaus in einer Straße, die noch von niedrigen Bäumen und nicht nur von Autos bestanden war.

Sandra wählte in einer Telefonzelle die Nummer der Jochens.

Es meldete sich niemand. Sandra hatte das erwartet, nachdem sie zuvor mehrmals dort angerufen und keine Verbindung erhalten hatte. Frau Jochens befand sich vermutlich noch in ärztlicher Behandlung in der Klinik, und Herr Jochens war auf seiner Arbeitsstelle.

Sandra ging zu dem Haus zurück, das eines jener alten Häuser war, deren Außentüren keine automatische Sperre besitzen und die von jedermann betreten werden können.

Sandra stieg die Treppe hinauf, bis sie zu dem Namensschild der Jochens kam. Sie klingelte vorsichtshalber an der Wohnungstür, wartete kurz, und wandte sich dann der Nachbarwohnung zu.

Eine ältere Frau in einer Kleiderschürze kam auf ihr Klingeln an die Tür. Sandra glaubte in ihr eine der beiden Frauen zu erkennen, die sie bei Manfred

Jochens' Beerdigung getroffen hatte.

Die Frau schien sich an Sandra nicht zu erinnern. „Ja, bitte?“ fragte sie freundlich.

„Verzeihen Sie, ich bin Sandra Faber, eine Freundin von Brigitte Jochens. Ich wollte mich erkundigen, wie es Frau Jochens geht. Aber es öffnet niemand. Ist sie noch im Krankenhaus?“ fragte Sandra.

Die Frau nickte. „Es geht ihr nicht gut, sagt ihr Mann. Ist ja auch kein Wunder, nicht, wenn man kurz hintereinander seine beiden Kinder verliert.“

„Auf so tragische Weise“, ergänzte Sandra. „Deshalb wollte ich Frau Jochens besuchen. Ich dachte, es würde ihr helfen.“

Die Nachbarin schien nicht davon überzeugt zu sein. „Was kann einer Mutter schon Trost sein in ihrem entsetzlichen Leid. Waren Sie eine Arbeitskollegin von Brigitte? Ich habe Sie nämlich noch nie hier gesehen.“

Die Frau schien zu jener Art von Mietern zu gehören, die sich über das Kommen und Gehen ihrer Nachbarn und deren Besucher informieren. Vermutlich lief sie bei jedem Zuschlagen einer Autotür ans Fenster und verfolgte jede Bewegung auf der Treppe durch den Türspion. Neugierige Menschen waren meistens auch mitteilsam.

„Brigitte und ich trafen uns oft in der Mittagspause“, sagte Sandra ausweichend.

„Dann arbeiten Sie in der Nähe der Boutique *Anne-Marie?* Ach, Gott, die arme Brigitte, sie hatte sich so gefreut, weil's endlich mit einer Arbeitsstelle klappte, wo sie doch so lange auf Suche war. Deshalb lungerte sie ja auch immer in diesen gräßlichen Diskotheken rum. Und man hatte sie gern in der Boutique. Das sagte ihre Chefin mir bei der Beerdigung.“

„Ja, ja, die Discos!“ sagte Sandra. „Vielleicht hat man ihr dort Rauschgift ins Getränk getan? Ich habe nie bemerkt, daß Brigitte Rauschgift nahm.“

Die Frau stützte sich mit der Hand am Türrahmen ab. „Niemand hier im Haus hat bemerkt, daß sie süchtig war. Sie war immer höflich, nie nachlässig gekleidet. Ein bißchen versponnen hat sie ja gewirkt, nahm sich auch alles zu Herzen, sensibel wie sie war. Und Musik hat sie gern gehört. Hab mich manchmal über den Krach beschweren müssen. Aber das kam wohl von diesen Diskotheken. Die jungen Leute werden ja alle taub.“

„Hat die Polizei schon was rausgekriegt?“ fragte Sandra gespannt.

Die Frau schüttelte den Kopf. „Die Polizei!“ sagte sie verächtlich. „Brigitte soll seit Wochen nicht mehr in ihrer Stammdiskothek gewesen sein. Das behaupten diese Leute natürlich nur, um sich zu schützen. Und die Polizei nimmt ihnen das ab.“

„Wenn sie ihnen nichts beweisen kann? Wie heißt denn die Diskothek? Vielleicht kenne ich jemanden, der dort verkehrt?“

„Habe ich leider keine Ahnung. Nicht mal der Manfred wußte, wo seine Schwester sich rumtrieb. Dabei waren die beiden ein Herz und eine Seele. Haben sich nie gezankt, wie das bei Geschwistern oft üblich ist, und wo die beiden doch auch so verschieden waren.“

Sandra nickte. „Der Manfred war eine tolle Nummer, ein richtiger Draufgänger, was?“

Die Frau blickte verblüfft. „Hat die Brigitte das gesagt? Dann hat sie Spaß gemacht. Das Gegenteil wird sie gemeint haben, wo der Manfred doch nie ausgegangen ist. Nur für sein Abitur hat er gelernt. Keine Freundin hat er gehabt. Er war ein Einzelgänger. Nur seit die Brigitte tot war, lief er abends immerzu aus dem Haus. Er kam über ihren Tod nicht hinweg."

Über der Wohnungstür schrillte die Klingel.

„Ach Gott, mein Mann kommt schon zurück! Und ich habe die Kartoffeln noch nicht aufgesetzt", sagte die Frau erschrocken.

„Ja, dann grüßen Sie bitte Herrn und Frau Jochens von mir", sagte Sandra. „Auf Wiedersehen!"

„Auf Wiedersehen! Wie war Ihr Name?" rief die Frau.

Doch Sandra drehte sich nicht mehr um. Sie lief die Treppe hinunter, vorbei an einem Mann mit einem frechen Dackel.

Sandra findet einen neuen Job

Sandra kannte die Boutique *Anne-Marie* nicht.

Sie suchte erneut die Telefonzelle auf, um im Telefonbuch die Anschrift der Boutique nachzuschlagen.

Boutique Anne-Marie. Im Vogelsang 12 stand dort.

Im Vogelsang war Sandra kein Begriff. Sie überlegte, wo diese Straße oder der Platz wohl liegen könnte. Sie kam zu dem Schluß, daß es eines jener kleinen Seitengäßchen in der Innenstadt sein mußte, durch die man ständig ging, für deren Bezeichnung man sich jedoch nicht interessierte. Denn die Boutique sollte dort zu finden sein, wo reger Publikumsverkehr herrschte, wenn sie so einträglich war, daß Personal beschäftigt werden konnte. Der große Boom der Boutiquen war vorbei. Nur wenige exklusive Geschäfte hatten sich gegenüber der Konkurrenz der Kaufhäuser behaupten können.

Sandra fuhr in die Innenstadt zurück und fand ihre Vermutung bestätigt: Die Boutique *Anne-Marie* war ein kleiner Laden in einer engen Seitengasse in der Fußgängerzone.

Die Geschäftsauslage war mit französischen und italienischen Modellen dekoriert.

In der rechten Schaufensterecke stand auf einem kleinen Schild zu lesen: *Modebewußte junge Dame für Teilzeitbeschäftigung gesucht.*

Sandra überlegte, daß sich hier eine Möglichkeit bot, die Boutique und ihr Personal näher anzusehen. Mitarbeiterinnen vertrauten einander vieles an, das sie bewegte. Brigitte Jochens sollte darin keine Ausnahme gewesen sein. Bestimmt kannte irgendwer in der Boutique den Namen der Disco, in der Brigitte verkehrte.

Sandra beschloß, sich um den ausgeschriebenen Job zu bewerben. Genügend Zeit zum Arbeiten hatte sie am Nachmittag. Und die Stingelskinder gingen ihr so auf die Nerven, daß sie froh sein konnte, wenn sie von ihnen erlöst wurde.

Schwungvoll und selbstbewußt öffnete sie die Ladentür.

Doch Sandras Forschheit schwand schlagartig, als sie im Innenraum stand und ihre Schuhe in einem dicken, roten Velourteppich versanken.

Der kleine, intime Verkaufsraum war wie ein Wohnzimmer eingerichtet. Niedrige Cocktailsessel waren um kleine weiße Tische gruppiert. Es gab keine Kleiderständer, in deren Fülle man wühlen konnte. Statt dessen hingen die Modelle hinter Glastüren in weißen, goldumrandeten Schränken. Einige wenige Stücke lagen auf Sesseln ausgebreitet. Schmuckstücke und modische Geschenkartikel funkelten hinter Glasvitrinen. Weiße, mit goldenen Ornamenten verzierte Wandleuchten erhellten dezent den Raum.

Sandra machte die Pracht beklommen.

Doch dann entdeckte sie, während sie darauf wartete, daß die elegante Verkäuferin, die sich mit einer Kundin unterhielt, Zeit für Sandras Anliegen hätte, die vielen abgewetzten Stellen im Velourbelag, das teilweise zerschlissene Polster der Sessel und den abgesplitterten Lack der Vitrine, vor der Sandra stand. So vornehm, wie der Laden auf den ersten Blick wirkte, schien er nicht zu sein.

Die Verkäuferin begleitete die Kundin zur Tür. Sie kam zurück und wandte sich mit einem strahlenden Lächeln an Sandra. „Guten Tag. Was kann ich für Sie tun?"

„Ich komme wegen dem Schild draußen. Ist die Stelle noch frei? Ich suche nämlich einen Halbtagsbeschäftigung."

„Ach, ja?" Kritische graue Augen musterten Sandra. „Die Stelle ist noch nicht besetzt. Es haben sich allerdings schon einige junge Damen darum beworben. Aber ich habe mich noch nicht entschieden."

Die Verkäuferin schien die Inhaberin zu sein. Sandra betrachtete nun ihrerseits die Frau prüfend. Sie sah ein gutgeschnittenes, geschickt geschminktes Gesicht, eine schlanke Figur in einem weichfallenden Wollkleid, kräftige Hände und schlanke Beine in hochhackigen Schuhen. Die Chefin schien Ende Zwanzig zu sein.

„Wo haben Sie bisher gearbeitet?“ begann sie Sandra zu fragen. Sie unterbrach sich, als die Ladentür geöffnet wurde und ein junges Mädchen eintrat, das freundlich grüßend den Verkaufsraum durchschritt und auf den rückwärtigen Vorhang zuging.

Die Chefin rief sie zurück. „Alles erledigt, Daggi?“

„Ja, Frau Anne-Marie.“

„Gut. Beiben Sie bitte hier vorn.“

„Ja, Frau Anne-Marie“, wiederholte das Mädchen Daggi. Sie schob den Vorhang zurück, zog ihren Mantel aus und hängte in an die Garderobe in einem kurzen, dunklen Durchgang.

„Kommen Sie bitte mit“, forderte Frau Anne-Marie Sandra auf.

Sandra folgte ihr durch den kurzen Flur, an dessen Ende die Boutique-Inhaberin die Tür zu einem kleinen Büro öffnete.

„Bitte, setzen Sie sich.“ Frau Anne-Marie deutete

auf den Stuhl neben dem Schreibtisch, an den sie selbst sich setzte.

„Ich setze voraus, daß Sie es verstehen, liebenswürdig und mit Fachkenntnis auf die Wünsche unserer Kundinnen einzugehen, obwohl Sie noch sehr jung zu sein scheinen", eröffnete die Boutique-Besitzerin das Gespräch. „Aber ich brauche jemanden, der darüber hinaus auch etwas von Büroarbeit versteht."

Sandra sah ihre Chancen schwinden. „Ja, ich..."

„Leichte Büroarbeiten. Ein paar Rechnungen schreiben, die Korrespondenz abheften", beruhigte Frau Anne-Marie die verlegen blickende Bewerberin. „Welchen Schulabschluß haben Sie?"

„Noch keinen", gestand Sandra.

Frau Anne-Maries Gesicht verriet Verwunderung.

„Ich gehe noch zur Schule und suche einen Halbtagsjob. Bisher habe ich Babysitting gemacht. Aber in einer Boutique würde ich lieber arbeiten", erläuterte Sandra.

„Ach so! Ja, das ist natürlich eine andere Situation. Ich glaube, dann wird das leider nichts mit uns", sagte die Frau.

Sandra stand auf. „Dann entschuldigen Sie bitte..."

„Warten Sie!" Frau Anne-Marie bat Sandra mit einer Handbewegung, erneut Platz zu nehmen. „Vielleicht gibt es eine andere Lösung. Mir kam da gerade ein Gedanke... Wenn Sie noch zur Schule gehen, kommt für Sie ja wohl nur eine Nachmittagsbeschäftigung in Frage?"

Sandra nickte.

„Ich brauche aber jemanden für vormittags, weil meine andere Mitarbeiterin mir nur nachmittags zur Verfügung steht. Sie hat ein Baby. Ihr Mann studiert und ist morgens in der Uni, so daß Daggi bei ihrem Baby bleiben muß", erzählte Frau Anne-Marie. „Da Verkäuferinnen auch am Samstag arbeiten, haben sie Anspruch auf einen freien Tag in der Woche. Ich könnte mir vorstellen", fuhr Frau Anne-Marie lächelnd fort, „Sie an einem solchen Nachmittag zu beschäftigen. Sie würden Gelegenheit haben, beim Auspacken der Waren unsere Modelle kennenzulernen, Verkaufsgesprächen zuzuhören, den Bestand in unseren Vitrinen zu ergänzen, dabei ein bißchen Staub zu wischen, die Silberstücke zu polieren..."

Ach so! Sie sucht eine billige Putzfrau, fiel Sandra auf. Sie verzog ihr Gesicht.

Frau Anne-Marie bemerkte es. Ihr Lächeln wurde noch herzlicher. „Ich weiß, was Sie einwenden möchten. Sie brauchen einen Job für jeden Tag, nicht wahr? Darauf wollte ich anschließend zu sprechen kommen. Das, was ich Ihnen gerade vorschlug, betraf nur Ihr Interesse an der Boutique. Ich möchte Ihnen Gelegenheit geben, sich Kenntnisse anzueignen, die Ihnen sicherlich nützlich sein werden, wenn Sie nach der Schule ins Berufsleben einsteigen. Was ich wirklich brauche, ist ein Babysitter für meine vierjährige Tochter. Jemand, der sich mit ihr beschäftigt. Vormittags ist sie im Kindergarten. Da Sie der Schule wegen gewiß nicht vor drei Uhr frei sind, wäre das doch ein idealer Job für Sie..."

Schritte näherten sich auf dem Flur.

Frau Anne-Marie blickte zur Tür, die von einem braungebrannten, etwa neunzehnjährigen jungen Mann aufgerissen wurde. „Ich muß dich sprechen, Anne-Marie", sagte er.

„Sofort, Roman. Das ist... Wie war der Name?" fragte Frau Anne-Marie, an Sandra gewendet.

Doch Roman interessierte Sandras Name nicht. „Es ist wichtig. Anne-Marie! Ich komme gerade von Sebastian“, sagte er drängend.

„Bitte, warten Sie einen Augenblick draußen im Geschäft“, bat Frau Anne-Marie.

Der Besucher trat zur Seite, um Sandra vorbeigehen zu lassen, und schloß hinter ihr die Tür.

Sandra lächelte der Verkäuferin, die Pullis in eine Schublade ordnete und sich bei ihrem Eintritt umgedreht hatte, zerstreut zu.

Der soeben gehörte Name beschäftigte sie. Es war ein seltener Name. Sandra fragte sich, wie oft er wohl in der Stadt zu finden sei.

Sie wandte sich an die Verkäuferin. „Entschuldigen Sie. Kennen Sie den Besucher?“

Daggi lächelte. „Sieht gut aus, nicht? Das ist Herr Hansen, der Bruder der Chefin.“

Also doch! Es war Roman Hansen, der Junge, der sich mit Joschi um den angeblich verunglückten Manfred Jochens bemüht hatte. Und ausgerechnet er war der Bruder von Brigittes Chefin. Von Brigitte, die Manfreds Schwester gewesen und durch eine Überdosis Heroin ums Leben gekommen war.

Seltsame Zufälle gab es im Leben.

Oder war es kein Zufall?

Sandra, die entschlossen gewesen war, das Angebot der Boutiquebesitzerin abzulehnen, war jetzt genauso fest entschlossen, sich den Job auf keinen Fall entgehen zu lassen.

„Haben Sie sich bei uns beworben? Klappt's?“ erkundigte sich Daggi.

Sandra nickte gedankenverloren.

„Fein, dann werden wir ja Kolleginnen“, freute sich die junge Frau. Sie kam auf Sandra zu und streckte ihr die Hand entgegen. „Ich heiße Daggi. Samstags arbeiten wir zusammen. Wochentags bin ich nachmittags hier.“

„Sandra“, stellte Sandra sich vor und schüttelte Daggis Hand. „Ich muß dich enttäuschen. Ich soll die Kleine betreuen. Ich gehe noch zur Schule.“

„Schade! Du wärst mir sympathisch. Gestern war eine hier, die machte die Chefin schon bei der Vorstellung an. Wenn die eingestellt wird, bleibt die Putzarbeit wieder an mir hängen.“

„Teilt die Chefin das nicht ein?“

„Die Chefin weiß, daß ich auf den Job hier angewiesen bin. Ich habe ein Baby. Mein Mann studiert.“

„Ich weiß. Sie hat es mir erzählt.“ Sandra fuhr mit der Hand über den Pullover, den Daggi zusammenfaltete. „Hübsch! – Wie ließ es sich denn mit Brigitte Jochens arbeiten?“ fragte sie leichthin.

„Brigitte verstand's auch mit der Chefin“, sagte Daggi schulterzuckend. „Ursprünglich hatte sie den Job, den du übernimmst. Aber sie wollte mehr verdienen. Deshalb bot die Chefin ihr an, die Kleine am Vormittag in den Kindergarten zu bringen, damit Brigitte mit mir in der Boutique arbeiten konnte.“

„Also ist die Chefin doch recht verständnisvoll?“

Daggi lächelte ironisch. „Wie man's nimmt. Kanntest du Brigitte näher?“

„Nein, nur flüchtig. Hab mal in einer Disco mit ihr zusammengesessen, kurz bevor man sie auf der Parkbank fand.“

„Schlimme Sache, nicht? Es hat uns alle schwer getroffen. Die Chefin war tagelang nicht ansprechbar.“

„Scheint ja fast ein freundschaftliches Verhältnis gewesen zu sein“, vermutete Sandra. „Was muß man tun, um sich mit der Chefin gut zu stellen? Ich bin nämlich auch auf den Job angewiesen. Wir haben's zu Hause nicht so dicke, und wenn man noch zur Schule geht und um jede müde Mark kämpfen muß..."

Daggi blickte Sandra mitfühlend an. „Pünktlich Feierabend machen ist hier nicht drin. Die Chefin schätzt es, wenn du auch mal am Abend zur Verfügung stehst und bei ihren Partys aushilfst."

„Hat meine Vorgängerin das auch gemacht?"

„Brigitte hat sogar hier übernachtet, wenn's gar zu spät wurde. Und das wurde es oft. Sie sah manchmal am Morgen grauslich aus..." Daggi schlug sich auf den Mund. „Verrate mich nicht. Ich wollte dir nur einen Tip geben, damit du es dir noch einmal überlegst."

„In Ordnung. Danke dir. Aber, wie gesagt, ich brauche die Piepen."

„Beknacktes Leben, was?"

Die Bürotür klappte.

Roman Hansen durchquerte die Boutique, gefolgt von seiner Schwester, die Sandra ins Büro zurückbat.

Sandra bekam den Job

Sie vereinbarte mit Frau Anne-Marie, daß sie täglich von fünfzehn Uhr bis achtzehn Uhr dreißig die kleine Nicole beaufsichtigen und einmal wöchentlich in der Boutique aushelfen sollte.

Daß die Chefin darüber hinaus Sandras Dienste als Partyhilfe zu beanspruchen wünschte, wurde nicht erwähnt.

Doch Sandra war sicher, daß es ihr gelingen würde, Frau Anne-Maries Vertrauen zu gewinnen und der Partydienste für würdig befunden zu werden. Denn Sandra interessierten die Leute, die privat bei der Boutiquebesitzerin verkehrten. Vor allem Roman Hansen.

Joschi staunte, als Sandra am nächsten Tag mit ihren Neuigkeiten bei ihm hereinplatzte.

Sandra hatte sich die letzte Unterrichtsstunde freigenommen, damit sie Joschi zwischen Mittagessen und Arbeitsantritt besuchen konnte.

Ein Krankenpfleger murrte zwar ein bißchen, als er Sandra vor der offiziellen Besuchszeit im Flur antraf. Der junge Mann schien neu auf der Station zu sein und sein Amt sehr wichtig zu nehmen.

Doch als Sandra sich als Joschis berufstätige Freundin vorstellte, die ihre Mittagspause dem Krankenbesuch opferte, gab er ihr nicht nur den

Weg frei, er begleitete Sandra sogar in Joschis Zimmer und beobachtete grinsend die heiße Begrüßung der beiden.

„Ich kann es nicht fassen! Roman Hansen kannte Brigitte Jochens? Dann müßte er doch auch ihrem Bruder einmal begegnet sein. Wieso hat er vor der Polizei behauptet, daß er den Verunglückten noch nie gesehen hatte?“ ereiferte sich Joschi.

„Um das herauszufinden, habe ich den Job bei seiner Schwester angenommen“, erwiderte Sandra. „Übrigens muß Roman den Manfred gar nicht persönlich gekannt haben.“

„Wo Brigitte so dick mit der Familie befreundet war?“ meinte Joschi zweifelnd.

Er unterbrach sich, um sich an den jungen Krankenpfleger zu wenden, der im Zimmer geblieben war und die benutzten Kaffeetassen von den Beistelltischen neben den Betten abräumte. Er hatte Joschis noch halbvolle Tasse wieder zurückgestellt.

„Kannst du mitnehmen“, sagte Joschi zu ihm.

Der Pfleger trug das Geschirr zum Servierwagen.

„Sprich mit Oberinspektor Ruhwedel darüber“, sagte Joschi zu Sandra.

„Könnte nicht schaden", erwiderte Sandra zurückhaltend.

„Noch besser!" rief Joschi. „Herr Seibold soll das machen. Er hat den heißeren Draht zum Polizeipräsidium. Übrigens habe ich eine Neuigkeit für dich." Joschi blickte Sandra verschmitzt an. „Ich quartiere mich bei deiner Großmutter ein."

„Warum denn?" fragte Sandra ungläubig.

„Moment!" Wieder wandte sich Joschi an den Pfleger, der erneut an sein Bett getreten war. „Ja, Alfred?"

„Brauchst du Sprudel? Ich gehe gleich in die Kantine", fragte der Pfleger.

„Das ist ein Service, was?" scherzte Joschi. „Schade, daß ich das nicht länger genießen kann. Ich habe noch zu trinken. Vielen Dank, Alfred."

„Also", sagte Joschi, nachdem der Pfleger mit seinem Servierwagen abgeschoben war. „Ich werde entlassen. Als der Chefarzt mir das bei der Morgenvisite sagte, erhob sich natürlich die Frage, wie ich allein zu Hause zurechtkommen sollte. Zufällig kam heute morgen deine Großmutter zur Massage in die Klinik und schaute bei mir herein. Sie bot mir an, mich gesund zu pflegen, vorausgesetzt, daß

Herr Seibold mit meinem Logierbesuch einverstanden sei."

„Klar ist der einverstanden", sagte Sandra.

„Ja, das denke ich auch. Er freut sich immer, wenn er junge Leute um sich hat. Seine Enkelkinder verwöhnen ihn in dieser Hinsicht nicht", stimmte Joschi ihr zu. „Und für mich ist damit das Problem gelöst, wer mir Essen kocht und in die Klamotten hilft." Joschi hob seinen eingegipsten Arm. „Der Zement bleibt noch eine Weile dran. Meine Mutter ist froh, daß ihr diese Sorge genommen ist. Ich habe sie schon im Geschäft angerufen."

„Geschäft!" rief Sandra und blickte entsetzt auf ihre Armbanduhr. „Du, ich muß los, sonst komme ich gleich am ersten Tag zu spät."

Sie beugte sich zu Joschi hinab und gab ihm einen Abschiedskuß. „Wann kommst du raus?"

„Morgen. Mein Vater holt mich ab."

„Gut, dann rufe ich dich in der Villa an."

„Übernimm dich nicht. Und sei vorsichtig", warnte Joschi.

„Keine Angst!" Sandra nahm ihre Tasche von Joschis Bett, nickte seinen Mitpatienten zu und eilte hinaus.

Draußen trieb sich der junge Pfleger immer noch auf dem Flur herum.

„Alles in Ordnung?“ fragte er, als Sandra an ihm vorbei zum Fahrstuhl lief.

Sandra stutzte einen Moment. Komische Frage für einen Pfleger. Er sollte doch besser als die Besucher wissen, wie es seinen Patienten ging. „Ich denke schon“, sagte sie verwirrt.

Kleine Mädchen plappern viel

In der Boutique wurde Sandra schon erwartet.

„Ich habe Nicole erzählt, daß sie wieder eine große Freundin zum Spielen bekommt, und da war es heute natürlich nichts mit ihrem Mittagsschlaf. Seit halb drei erkundigt sie sich laufend über das Haustelefon, wo du bleibst“, erzählte Frau Anne-Marie, während sie Sandra über die Hintertreppe in die Wohnung im ersten Stock führte. „Ich darf doch du zu dir sagen?“ lächelte sie.

„Ja, bitte.“ Sandra lächelte zurück.

Frau Anne-Marie schloß die Wohnungstür auf.

Als sie eintraten, kam ein kleines, dunkellockiges

Mädchen aus einer der offenstehenden Zimmertüren gelaufen. Doch mitten im Flur stoppte das Kind und steckte verlegen den Zeigefinger in den Mund.

„Grüß dich", sagte Sandra. „Ich nehme an, du bist die Nicole. Ich heiße Sandra."

„Nimm den Finger aus dem Mund und gib Sandra die Hand", sagte Nicoles Mutter.

Nicole blickte zu Boden.

„Ich gebe auch nicht gern Fremden die Hand", sagte Sandra. „Manche sind so klebrig."

„Meine nicht!" rief Nicole und zeigte ihre Handflächen.

Sandra ergriff die rechte Hand. „Tatsächlich, kein bißchen pappig. Und wie ist es mit meiner?"

„Pappt auch nicht", lachte Nicole.

„Wie steht's denn mit deinen Puppenkindern?" fragte Sandra.

„Der Michael macht sich immer furchtbar schmutzig. Willst du ihn sehen?"

„Na, klar doch! Ich muß mich ja vorstellen. Glaubst du, daß er mich mögen wird?"

„Bestimmt", sagte Nicole überzeugt. „Komm!"

Frau Anne-Marie stieß einen Seufzer der Erleichterung aus. Sie wandte sich an die ältere Frau, die im

Mantel unter der Küchentür stand. „Frau Burkert, das ist Sandra. Sie können dann gehen. Ich glaube, die beiden kommen miteinander zurecht."

„Das denke ich auch", sagte die Zugehfrau und nickte Sandra lächelnd zu.

„Komm doch!" forderte Nicole erneut die neue Freundin auf.

„Ich bin unten. Ruf mich über das Haustelefon, falls du mich brauchst. Getränke und Eßbares findest du im Kühlschrank. Knabbergebäck ist im Eßzimmerschrank, aber gib Nicole nicht zu viele Süßigkeiten."

„Ist gut, Frau Anne-Marie", erwiderte Sandra und folgte Nicole, die ungeduldig an ihrer Hand zerrte, ins Kinderzimmer.

Nicole stellte Sandra ihre Puppenkinder und ihr Puppenhaus vor, und Sandra lobte sie gebührend. Dann waren noch Plüschtiere zu bewundern, ein komplettes Marionettentheater und ein Kasten mit Mal- und Bilderbüchern. Auf dem Teppich lagen batteriebetriebene Rennautos und ein Roller.

„Du hast aber viele Spielsachen", staunte Sandra.

„Blöder Kram!" sagte Nicole und kickte eines der Autos unters Bett. „Liest du mir etwas vor?"

„Gern, aber vorher möchte ich meine Jacke aufhängen. Zeigst du mir, wo?"

Nicole rannte Sandra voraus zur Garderobe am Ende des langen Flurs.

„Vielleicht sollte ich mich erst mit eurer Wohnung vertraut machen. Ich muß doch wissen, wo du zu Hause bist, meinst du nicht?" sagte Sandra.

„Hm", nickte Nicole und führte Sandra bereitwillig durch die geräumige Altbauwohnung.

Zunächst ging es ins Badezimmer. Dann in die Küche. Beide Räume wirkten etwas düster, da ihre Fenster an der Hinterhofseite lagen. Sie waren zweckentsprechend und ohne besonderen Luxus eingerichtet, genauso wie das kleine Eßzimmer neben der Küche, in dem Sandra allerdings ein schöner alter Schrank auffiel. Auch das Gästezimmer war anspruchslos möbliert.

Vor der nächsten Tür zögerte Nicole. „Das ist Mamis Zimmer", flüsterte sie, als ob sie ein Geheimnis verrate.

„Darfst du nicht hinein?" fragte Sandra verständnisvoll.

„Nur manchmal, wenn Mami mich holt."

„Dann lassen wir die Tür besser zu", schlug

Sandra vor.

Doch Nicole hatte die Klinke schon heruntergedrückt.

Sandras Blick fiel auf weiße, bodenlange Tüllstores mit rosa Satinübergardinen. Am linken Ende des Raumes befand sich eine Spiegeltür-Schrankwand in Weiß und Gold, die widerspiegelte, was auf der gegenüberliegenden Seite des großen, rechteckigen Zimmers stand: ein breites Polsterbett mit abgerundetem Kopfteil und darin eingebautem Radio, mit braun-rosa Blumenmusterbezug und einem Telefon auf dem Nachttisch. Ein zierlicher Brokatsessel und ein weißer Chippendale-Schreibsekretär füllten die Fläche zwischen den beiden Fenstern gegenüber der Tür.

„Schön, nicht?" flüsterte Nicole andächtig. „Neben der Tür geht's in Mamis Privatbadezimmer. Da ist alles rosa. Manchmal bade ich sonntags mit Mami."

„Das gefällt dir, ja?" Sandra zog die Tür zu. Ihr war nicht ganz wohl. Sie kam sich vor, als hätte sie durchs Schlüsselloch geblickt. „Ich denke, ich lese dir jetzt vor", sagte sie.

„Aber du hast den Salon noch nicht gesehen!"

protestierte Nicole.
„Vielleicht möchte deine Mami das nicht?"
„Brigitte durfte auch überall ran", beruhigte sie Nicole.
„In Mamis Schlafzimmer sicher nicht."
„Doch!" Nicole nickte heftig. „Wenn Brigitte hier geschlafen hat und Onkel Roman auch, dann mußte sie ja bei Mami schlafen."
„Blieb Brigitte oft über Nacht?"
Wieder nickte Nicole. „Manchmal."
„Bist du traurig, weil Brigitte nicht mehr mit dir spielen kann?" fragte Sandra vorsichtig.
Nicole schüttelte den Kopf. „Sie mußte ja verreisen."
Offenbar hatte man der Kleinen nicht gesagt, daß Brigitte gestorben war.
„Brigitte hat sicher sehr schön mit dir gespielt?" forschte Sandra.
„Ihr war oft schlecht."
„Schlecht? Du meinst, sie war krank und mußte deshalb zu Hause bleiben?"
„Nein, im Gästezimmer oder in Mamis Zimmer", lautete Nicoles rätselhafte Antwort.
Die Kleine lief über den Flur und blieb vor einer

weißen Doppeltür stehen. „Komm!“ rief sie, dabei stellte sie sich auf die Zehenspitzen und hängte sich an die Türklinke.

„Ist das der Salon?“ fragte Sandra.

„Hm. Mach auf!“

Sandra öffnete die schwere Eichentür. Nicole schlüpfte unter Sandras Arm hindurch. Sandra folgte ihr – und stand in einem riesigen Zimmer. Es schien das Prunkstück der Wohnung zu sein.

Biedermeiersofas und niedrige Sessel mit leuchtendem Blütendekor, andere mit dunkelroten Samtbezügen, wunderschöne Orientteppiche, alte Bilder, kleine, zierliche Beistelltische mit Porzellanleuchtern, Antiquitäten und Kostbarkeiten – wohin Sandra blickte.

„Hier ist Mami, wenn Besuch kommt“, erklärte Nicole.

Erstaunlich, was eine kleine Boutique abwerfen kann, überlegte Sandra.

Auf einem gemauerten weißen Kachelofen thronte eine große Puppe, die nicht so recht in diese Umgebung zu passen schien. Sie war weder sehr alt noch besonders schön. Sandra trat näher, um sie zu betrachten.

„Mit der darf ich nur spielen, wenn wir mit Onkel Roman wegfahren. Ich mag sie nicht. Sie ist groß und häßlich“, sagte Nicole.

„Und weshalb sitzt sie hier?“ fragte Sandra.

Doch Nicole antwortete nicht darauf, denn im Flur läutete das Telefon. Nicole lief, von Sandra gefolgt, hinaus. Sie stieg auf ein kleines Fußbänkchen, das vermutlich zu diesem Zweck dort hingestellt worden war, und nahm den Hörer des Wandtelefons ab.

„Mami?“ rief sie hinein.

Es schien das Haustelefon zu sein.

„Ja“, sagte Nicole. Und nochmals: „Ja. Ja, Mami.“

Sie winkte Sandra heran. „Mami!“

„Möchte sie mich sprechen?“

„Ja.“ Nicole stieg von dem Bänkchen herunter.

„Ja, bitte?“ sagte Sandra in den Apparat.

„Ich möchte mich nur erkundigen, ob alles in Ordnung ist“, sagte Frau Anne-Maries helle Stimme.

„Keine Klagen“, versicherte Sandra. „Wir beschnuppern uns noch.“ Sie setzte spontan hinzu: „Nicole hat mir die Wohnung gezeigt. Ich hoffe, Sie haben nichts dagegen?"

Frau Anne-Marie lachte. „Aber nein. Es ist doch ganz natürlich, daß du unsere Räumlichkeiten kennenlernen möchtest. Gefällt es dir bei uns?"

„Sie sind wunderschön eingerichtet. Besonders der Salon. Ich bin ganz hin."

„Ja, unsere Freunde fühlen sich alle sehr wohl bei mir."

„Nicole hat auch Ihre Schlafzimmertür geöffnet. Aber ich habe das Zimmer selbstverständlich nicht betreten", versicherte Sandra.

Wieder lachte die Chefin glockenhell. „Da ich niemanden bei mir versteckt halte, steht dir jedes Zimmer offen, Kind. Ich setze allerdings voraus, daß ich, falls ich tatsächlich etwas zu verbergen hätte, deiner Diskretion sicher sein dürfte", fügte sie scherzhaft hinzu. Doch Sandra glaubte, einen ernsten Unterton herauszuhören.

„Ich habe schon in mehreren Familien als Babysitter gearbeitet. Bisher hat man sich nicht über mich beklagt", erwiderte Sandra diplomatisch.

„Gut so. Es ist herrliches Wetter. Wie wäre es, wenn du mit Nicole nach draußen gingst?"

„Gern. Was soll ich Nicole anziehen?"

„Das weiß sie. Nicole ist selbständig erzogen. Achte nur darauf, daß sie etwas auf dem Kopf trägt. Das hat sie nicht gern. Aber sie erkältet sich leicht."

„Soll ich einen Wohnungsschlüssel mitnehmen?"

„Nicht nötig. Ich muß sowieso gleich mal rauf. Zieh die Wohnungstür nur fest ins Schloß. Wenn ihr zurückkommt, zeigt ihr euch in der Boutique."

„Gehen wir spazieren?" fragte Nicole, die das Gespräch verfolgt hatte.

„Ja. Hol bitte deine Sachen. Deine Mami sagt, daß du dich allein anziehen kannst."

„Aber ich komme nicht ran. Hilfst du mir?" bat Nicole.

Sandra ging mit ihr ins Kinderzimmer und öffnete Nicoles gefüllten Kleiderschrank.

Klar, daß die Tochter einer Boutique-Besitzerin nur schicke Klamotten hat, dachte Sandra, als sie den Ledermantel, den Pelzmantel, die Pelzjacke, einen Lodenmantel und die vielen hübschen Kleider sah.

Nicole zupfte an einer roten Windjacke mit Kapuze. „Die will ich."

„Aber du hast so viel hübschere Sachen", protestierte Sandra.

„Dann muß ich eine doofe Mütze aufsetzen. Ich möchte die!“ beharrte Nicole.

Doch kaum hatten sie sich auf der Straße aus der Sichtweite der Boutique entfernt, da schob Nicole ihre Kapuze in den Nacken.

„Laß das!“ rügte Sandra. „Deine Mami hat mir ausdrücklich gesagt, daß du etwas auf dem Kopf tragen mußt.“

„Sie sieht es ja nicht.“

„Aber ich sehe es.“

Die Kleine blickte ernsthaft zu Sandra auf. „Sagst du es Mami?“

„Nein, denn du wirst die Kapuze auflassen. Oder möchtest du, daß deine Mami mit mir schimpft, wenn du dich erkältest?“

Nicole blieb stehen und zerrte die Kapuze mit beiden Händen über ihren Kopf.

Doch im Weitergehen warf sie den Kopf in den Nacken – und die Kapuze rutschte ihr wieder ins Genick.

Sandra beobachtete es in der Scheibe einer Geschäftsauslage, an der sie vorbeigingen. Doch sie tat, als bemerke sie es nicht, um es nicht auf eine Machtprobe ankommen zu lassen. Außerdem hielt sie Frau Anne-Maries Sorge für übertrieben. Es war ein herrlicher Vorfrühlingstag. Die Sonne schien. Die Luft war mild. Die Leute gingen mit offenen Mänteln oder Jacken. Nicole würde schwitzen und sich dadurch erst recht erkälten.

„Wohin sollen wir gehen? Gibt es einen Kinderspielplatz in der Nähe?“ fragte Sandra.

„Weiß nicht.“

„Wohin bist du denn immer mit Brigitte gegangen?“

„Hier lang.“

Sandra war ratlos. Sie hatte noch nie tagsüber ein Kind betreut und wußte deshalb nicht, womit sie Nicole beschäftigen könnte. Es erschien ihr fraglich, ob eine Vierjährige sich in dem Gedränge der Fußgängerzone und der Kaufhäuser wohl fühlen würde.

Sandra betrachtete die Kleine. Sie hüpfte vergnügt an ihrer Hand über das Verbundpflaster der Fußgängerzone und schien sich recht wohl zu fühlen.

„Da ist Miriam!“ rief Nicole plötzlich und zerrte an Sandras Hand.

„Wo? Wer ist Miriam?“ fragte Sandra.

Doch Nicole hatte sich schon losgerissen. Sie lief um einen steinernen Blumenkübel auf der Straße und stürzte zu einer jungen Frau, die an einem Ständer mit Schuhen vor einem Schuhgeschäft stand. Sie trug hochhackige Stiefel und einen engen Strickmantel aus Bouclé, in dem sie überschlank wirkte.

Nicole schlang ihre Arme um die Knie der Frau. „Miriam! Miriam!"

Die Frau drehte den Kopf und blickte auf Nicole herunter. „Hei!" sagte sie träge.

„Ich habe eine neue Freundin, Miriam", erzählte Nicole.

„Paß doch auf! Du zerdrückst meinen Mantel", rügte Miriam und befreite sich aus Nicoles Umklammerung.

„Entschuldigen Sie", bat Sandra, die Nicole nachgegangen war. „Sie ist mir ausgerissen."

Die junge Frau mit der riesigen, undurchsichtigen Sonnenbrille lächelte müde. „Ein schlimmes Kind, nicht?" sagte sie klagend.

Schlimm? Nicole? Sandra starrte die geheimnisvoll Bebrillte verwundert an. „Ich finde sie sehr lieb", erwiderte sie.

Die junge Frau seufzte. „Warten Sie nur, bis Sie sie abends erleben. Da helfen die stärksten Zäpfchen nicht. Sie gibt einfach keine Ruhe. Nicht mal fernsehen will sie allein."

Ach, so war das! Nicole ruinierte die abendlichen Feten!

Aber daß sie ihr deswegen gleich eine „Bombe" verabreichten? Beruhigungszäpfchen wurden doch nicht deshalb von den Kinderärzten verschrieben, um die Eltern vor ihren lebhaften Sprößlingen zu schützen. Die Stingels hatten ihre Kinder nur in Krankheitsfällen und bei hohem Fieber damit behandelt.

Manche Mütter sind seltsam, dachte Sandra. Einerseits ist Frau Anne-Marie darum besorgt, daß ihre Kleine sich nicht erkältet, und andererseits ruiniert sie selbst Nicoles Gesundheit, indem sie sie mit Beruhigungsmitteln vergiftet.

„Man sollte Nicole eine Geschichte vorlesen. Das lenkt sie von den Besuchern ab, und sie schläft besser ein. Fernsehen regt Kinder nur auf", sagte Sandra.

Doch die Frau war an dem Thema nicht weiter interessiert.

Sie trat an den nächsten Ständer, an dem Ledertaschen hingen, und begutachtete ein weißes Modell mit braunen Hornbügeln.

„Die würde ich Ihnen nicht empfehlen. Die Tasche würde Sie erschlagen", sagte Sandra.

Miriam drehte sich zu Sandra um. Sie nahm ihre Sonnenbrille ab, musterte Sandra einen Moment und setzte die Brille wieder auf.

Hat sie ohne Sonnenschutz im Solarium, auf einer Sonnenbank, gelegen? Ihre Augen sind ja schlimm entzündet, fiel Sandra auf.

„Welche würden Sie denn für mich aussuchen?" fragte Miriam.

„Die zum Beispiel", sagte Sandra und deutete auf eine schlichte schwarze Ledertasche mit einem metallenen Kreuzverschluß.

„Nicht schlecht", lobte Miriam.

„Du!" Nicole stupste Miriam in den Bauch. „Wann bist du denn alle?"

Miriam erstarrte. „Was soll ich sein?"

„Weiß nicht. Hat Onkel Roman gesagt", erwiderte Nicole.

Miriam faßte Nicole am Arm. „Was hat Roman gesagt?"

„Weiß nicht. Du tust mir weh!“

Miriam ließ Nicole los. „Dieses Kind! Das kommt davon, wenn sie dauernd mit Erwachsenen zusammen ist und Dinge aufschnappt, die sie nicht versteht.“

Doch sie wirkte verlegen und schien es plötzlich eilig zu haben. „Ich muß noch etwas besorgen. Ist Anne-Marie im Geschäft?“ fragte sie Sandra.

„Vorhin war sie da“, bestätigte Sandra.

„Ist die Nobbe noch in Urlaub?“

„Die Nobbe? Meinen Sie Daggi?“

„Nein, die Nobbe, die Hauptverkäuferin.“

„Die kenne ich nicht. Heute ist mein erster Arbeitstag bei Frau Anne-Marie.“

„Wir sehen uns sicher noch“, meinte Miriam. Sie nickte Sandra zum Abschied zu und stakste auf ihren hohen Absätzen davon.

„Sie hat mir nicht mal ein Eis gekauft“, beschwerte sich Nicole.

„Miriam ist ärgerlich. Wie konntest du nur fragen, ob sie bald alle sein wird? Onkel Roman hat sicher etwas anderes gemeint“, hielt Sandra ihr vor.

Nicole schnupfte auf. „Onkel Roman sagte zu Mami: ‚Paß auf Miriam auf, die ist bald alle ...‘ oder so.“

„Vielleicht war Miriam krank? Oder sie hatte Kummer und war unglücklich…"

„Hat sie deshalb geweint und gestöhnt und mit den Fäusten an die Wand gehämmert?" fragte Nicole.

„Hat sie das getan?"

„Ja, sie, Miriam", erwiderte Nicole. „Gehen wir jetzt Eis essen?"

„Ich habe nicht genügend Geld bei mir. Morgen kaufe ich dir ein Eis, in Ordnung? Wann hat Miriam das gemacht?"

„Neulich abends."

„Haben sich auch noch andere Freundinnen von Mami so aufgeführt?"

„Weiß nicht. Ich muß mal."

„Wir gehen in ein Kaufhaus. Kannst du so lange aufhalten?"

„Fahren wir mit der Rolltreppe?"

„Sicher", erwiderte Sandra. Sie bahnte sich mit Nicole an der Hand einen Weg durch die Menschenmenge, während sie darüber nachgrübelte, was Miriam dazu gebracht haben mochte, sich derart hysterisch in Frau Anne-Maries Wohnung zu gebärden, und wieso Roman ihr jede Lebenschance absprach.

Es schienen sich merkwürdige Dinge im luxuriösen Salon von Frau Anne-Marie zu ereignen.

Sandra konnte nur hoffen, daß Miriam Nicole gegenüber nachsichtig sein und sie nicht bei ihrer Mutter verpetzen würde.

Tatsächlich empfing Frau Anne-Marie sie freundlich bei ihrer Rückkehr in die Boutique. Nichts deutete darauf hin, daß sie Nicoles wegen eine Szene mit Miriam gehabt hatte.

Doch Sandra erwähnte vorsichtshalber ihre Begegnung mit Miriam, als sie gefragt wurde, was sie mit Nicole unternommen hatte, damit Frau Anne-Marie nicht an ihrer Aufrichtigkeit zweifelte.

„Ach ja, Miriam!“ erwiderte Frau Anne-Marie lächelnd. „Ja, sie war kurz hier. Sie ist ein bißchen nervös. Ich hoffe, sie hat dich nicht mit ihren Klagen über ihre Migräneanfälle belästigt?“

Migräneanfälle? Sollten sie der Anlaß für Romans Vorhersage sein? Sandra hatte noch nie gehört, daß jemand an Migräne gestorben war.

Doch sie lächelte verständnisvoll zurück und ging mit Nicole in die Wohnung hinauf, um heiße Schokolade für Nicole und Tee für sich selbst zu bereiten.

Am nächsten Morgen holte Herr Ruge seinen Sohn im Krankenhaus ab und brachte ihn in Herrn Seibolds altes Haus am Fluß.

Sandra atmete auf, als sie mit Joschi telefonierte und erfuhr, daß er unbeschadet die Chirurgische Station verlassen hatte.

„Ich habe heute morgen ein Extrafrühstück bekommen. Das ist vielleicht ein Superladen! Der Chefarzt hat mich noch einmal selbst im Behandlungszimmer untersucht", erzählte Joschi. „Aber Besuche, außer von nahen Freunden, dürfe ich noch immer nicht haben. Ich müsse mich schonen. Also, das finde ich ja übertrieben."

„Er wird wissen, was richtig für dich ist", hielt ihm Sandra entgegen.

„Ja, das hat Alfred mir gestern abend auch gesagt. Leider habe ich mich nicht von ihm verabschieden können. Er war heute nicht auf Station. Ich wollte ein Dankeschön für ihn dalassen, aber die Stationsschwester hat es nicht angenommen. Komisch, nicht?" beklagte sich Joschi.

„Vielleicht haben sie ihn entlassen?" meinte Sandra vorsichtig.

„So einen prima Pfleger? Aber vielleicht hat es der

Stationsschwester gestunken, daß er in unserem Zimmer herumsaß und Karten mit mir spielte?"

Dann hätten sie das ja unterbinden können, dachte Sandra.

Ihr kam ein anderer Verdacht: Vielleicht war Alfred gar kein Pfleger, sondern von Oberinspektor Ruhwedel geschickt. Vielleicht war er Kriminalbeamter?

„Gib auf dich acht. Ich muß jetzt auf Schaffe", sagte sie.

„Wie läuft es denn bei dir? Hast du schon etwas rausgekriegt? Herr Ruhwedel ist übrigens über Roman informiert. Ich hatte Herrn Seibold den Tip gesteckt, ohne dich hineinzuziehen. Aber Herr Ruhwedel sagt, Romans Alibi sei überprüft und okay", berichtete Joschi.

„Das besagt nichts. Du kennst doch Ruhwedel. Er läßt sich nicht in die Karten gucken. Immer, wenn er ganz Ablehnung ist, hat er meist ein großes Ding an der Angel. Ich halte jedenfalls meine Augen offen", sagte Sandra und verabschiedete sich.

Dem Rätsel auf der Spur

Eine Woche arbeitete Sandra nun schon als Betreuerin von Nicole.

Pünktlich um fünfzehn Uhr trat sie jeden Nachmittag ihren Dienst an. Und pünktlich um achtzehn Uhr dreißig wurde sie von Frau Anne-Marie verabschiedet. Nicoles Mutter schloß hinter Sandra die Boutique ab, ließ das Eisengitter vor der Eingangstür herunter und fuhr mit Nicole zum Essen zum Haus ihrer Mutter. Zweimal in dieser Woche holte Roman seine Schwester und die kleine Nichte mit seinem Auto ab.

Im übrigen ereignete sich nichts. Absolut nichts.

Es schien in dieser Familie keine Probleme und keine Geheimnisse zu geben. Es wurden auch keine Partys gefeiert, wie Sandra durch vorsichtiges Befragen von Nicole erfuhr.

Frau Anne-Marie gab sich als solide Geschäftsfrau und liebevolle Mutter.

Nichts im Tagesablauf der Boutique-Besitzerin deutete darauf hin, daß sie oder ihr Bruder in dunkle Machenschaften verstrickt sein könnte. Sie benahmen sich wie eine ganz normale Familie, und sie verhielten sich Sandra gegenüber so, wie die meisten Arbeitgeber sich ihren Angestellten gegenüber verhalten: freundlich, um ein gutes Arbeitsklima bemüht, aber nicht familiär.

Hätten nicht Daggi und Nicole das Gegenteil behauptet, nie wäre es Sandra in den Sinn gekommen, zu vermuten, daß Brigitte ihre Chefin geduzt und sich in ihrem Schlafzimmer ausgeschlafen hatte.

Das alles war sehr enttäuschend für Sandra, und sie begann, ihres Jobs überdrüssig zu werden.

Sandra mochte Nicole, und sie hätte auch nichts dagegen gehabt, hin und wieder einen Abend als Babysitter bei ihr zu verbringen. Doch Tag für Tag die besten Stunden des Nachmittags zu opfern, wenn man noch zur Schule ging, Hausarbeiten zu erledigen und Freundschaften zu pflegen hatte, überstieg Sandras Kraft.

Doch dann kam der Nachmittag, an dem Sandra, wie mit Frau Anne-Marie vereinbart, in der Boutique aushalf.

Nicole war von ihrer Großmutter zum Friseurbesuch und anschließendem Stadtbummel abgeholt worden.

Sandra räumte die Vitrinen aus. Sie wischte mit einem feuchten Schwammtuch über die Regale, staubte die Geschenkartikel ab und füllte die Vitrinen wieder auf.

Frau Nobbe, die Ganztagsverkäuferin, war aus dem Urlaub zurückgekehrt. Sie war eine große, streng blickende Frau, die Sandra herumkommandierte. Auf ein persönliches Gespräch mit Sandra ließ sie sich nicht ein.

Frau Anne-Marie erschien Sandra an diesem Nachmittag nervös. Sie rauchte hastig eine Zigarette nach der anderen, und wenn sie nach einem Telefongespräch aus ihrem Büro zurückkam, wirkte sie zerstreut und war unansprechbar.

Es fiel Sandra auf, daß sie ungewöhnlich viele Anrufe erhielt. Ungewöhnlich deshalb, weil es sich bei der Boutique schließlich um ein Einzelhandelsgeschäft handelte, in dem es üblich war, daß die Kunden ihre Aufträge und Wünsche bei einem persönlichen Ladenbesuch äußerten.

Einmal versäumte es Frau Anne-Marie, die Bürotür zu schließen, als sie hastig zum klingelnden

Telefon eilte. Die Bürotür öffnete sich einen Spalt im Gegenzug der gleichzeitig von einer Kundin geöffneten Ladentür.

Sandra, die gerade die Stehlampe auf dem Tisch neben dem Durchgang putzte, hörte die Stimme der Chefin und verstand, was sie sprach.

„Nein! Tut mir leid, wirklich", sagte Frau Anne-Marie erregt.

...

„Ja, das weiß ich. Ich lasse..."

...

„Hör zu! Hör doch zu! Wir lassen euch nicht hängen, aber..."

...

„Es ist nicht unsere Schuld. Die Laetitia ist nicht flott..."

...

„Nicht bei dem Hochwasser!"

...

„Dann besorge ihr was anderes, verdammt noch mal! Sie muß noch einige Tage durchhalten. Sebastian und Roman tun, was sie können."

...

„Ich weiß, daß wir in Verzug sind. Es ist nicht

unsere Schuld..."

...

„Mit dem Wagen? Bist du verrückt? Das ist zu gefährlich."

...

„Ich weiß, was ein cold turkey ist. Ich weiß aber auch..."

...

„Okay, ich spreche noch einmal mit Roman."

...

„Nein, mit der Laetitia auf keinen Fall, aber..."

...

„Sandra!" rief Frau Nobbe. „Frage die Chefin, ob sie einen Moment kommen kann. Hier ist eine Kundin mit einer Reklamation."

Sandra klopfte an die Bürotür, die im selben Moment von Frau Anne-Marie geöffnet wurde.

Die Chefin sah verärgert aus. „Was ist denn?" herrschte sie Sandra an.

„Da ist eine Kundin wegen einer Reklamation", sagte Sandra.

Augenblicklich glättete sich das Gesicht, und Frau Anne-Marie betrat mit strahlendem Lächeln den Verkaufssalon.

„Guten Tag, liebe Frau Schlick! Gut schauen Sie aus“, flötete sie honigsüß.

Sandra nahm, unbeobachtet von der Chefin und der Verkäuferin, die sich beide um die unzufriedene Kundin bemühten, einen Kugelschreiber aus dem auf dem nahen Verkaufstisch liegenden Kassenblock. Sie kritzelte „Laetitita“ und „cold turkey“ auf eine der ebenfalls dort ausliegenden Geschäftskarten und steckte sie in die Hosentasche.

„Hat die Chefin zwei Brüder?“ fragte sie Frau Nobbe, als Anne-Marie ins Büro zurückgekehrt war.

„Nein, wieso? Laß den Putzeimer nicht mitten im Salon stehen! Was macht das für einen Eindruck! Bring ihn raus, wenn du fertig bist“, sagte Frau Nobbe.

Dann muß Sebastian ein Freund der Geschwister sein, überlegte Sandra, während sie den Putzeimer hinaustrug.

Kurz vor Geschäftsschluß stürzte Roman in die Boutique.

Er winkte seiner Schwester, ihm ins Büro zu folgen, wo man die beiden heftig miteinander diskutieren hörte.

Doch sosehr Sandra sich auch bemühte, es gelang ihr nicht, herauszufinden, worum das Gespräch sich drehte. Jedesmal, wenn Sandra sich dem Durchgang näherte, rief Frau Nobbe ihr eine neue Anweisung zu, die Sandra von der Bürotür wegführte.

Doch Sandra war klar, daß wichtige Ereignisse die Gemüter des Geschwisterpaares bewegten.

Als Frau Anne-Marie und Roman in den Verkaufsraum zurückkehrten, drückten ihre Mienen Entschlossenheit aus.

„Ich brauche dich morgen nicht, Sandra", sagte Frau Anne-Marie. „Ich fahre mit meinem Bruder in die Schweiz. Nicole nehmen wir mit."

„Entschuldigen Sie, aber morgen kommt doch der Dekorateur. Und die Spedition hat die Auslieferung der La-Rochelle-Kollektion avisiert", schaltete sich Frau Nobbe ein. Die Eröffnung der Chefin schien sie zu überraschen. Ihr Gesicht verriet es. Offenbar war der Entschluß zu dieser Reise spontan erfolgt.

Doch die Chefin wischte ihre Bedenken mit einer Handbewegung fort. „Dann müßt ihr eben einmal ohne mich zurechtkommen."

„Daggi kann nicht im Lager die Modelle überprüfen und gleichzeitig dem Dekorateur helfen. Ich muß mich um die Kunden kümmern“, erwiderte Frau Nobbe pikiert.

„Laßt die Kollektion liegen. Wenn ich morgen abend zurückkomme, kümmere ich mich darum.“

„Wie Sie meinen. Aber das letzte Mal waren zwei teure Modelle beschädigt, und der Spediteur erkannte unsere nachträgliche Reklamation nicht an“, gab Frau Nobbe hartnäckig zu bedenken.

Frau Anne-Maries Gesicht färbte sich dunkelrot. Sie blickte hilfesuchend ihren Bruder an.

„Bestell den Dekorateur ab“, empfahl Roman kurz.

„Das geht nicht. Er hat seine festen Termine und ist Wochen im voraus ausgebucht“, erklärte ihm seine Schwester.

Sie wandte sich an Sandra. „Ich fürchte, dann mußt du doch morgen kommen.“

„Ja, sicher. Nicole und ich möchten morgen zur Frühjahrs-Schaumesse. Sie freut sich schon irre darauf“, erwiderte Sandra.

„Nein, so meinte ich das nicht. Nicole fährt mit uns. Aber du könntest hier ein bißchen helfen“, sagte die Chefin.

„Der Dekorateur und die Lieferung kommen am Vormittag. Wir haben darum gebeten, solange wir keine zweite Teilzeitkraft haben", erinnerte Frau Nobbe.

„Ja, richtig! Erzähltest du mir nicht, daß ihr morgen wegen einer Lehrerkonferenz schulfrei habt, Sandra?" fragte Frau Anne-Marie.

Sandra verwünschte ihre Geschwätzigkeit. „Ja, aber eigentlich...", begann sie, während sie ihr Gehirn nach einer Ausrede strapazierte.

Doch die Chefin sagte abschließend: „Fein! Dann kommst du eben am Vormittag. Es wird dir Spaß machen, die schicken neuen Modelle auszupacken." Sie wandte sich an Frau Nobbe. „Wenn Sie das Lager räumen, sehen Sie doch bitte nach, ob sich unter den auslaufenden Modellen etwas Hübsches für Sandra findet."

Überredet, dachte Sandra.

Die Chefin begleitete ihren Bruder zur Tür. „Es bleibt also dabei, daß wir mit meinem Wagen fahren?"

„Falls wir es nicht vorziehen, die *Laetitia* ins Schlepp nehmen zu lassen", erwiderte Roman ironisch. „Sebastian rechnet nicht vor nächster Woche mit dem Austauschmotor, Schwesterchen. Ich stehe um sechs vor der Tür."

Das Telefon läutete, und Frau Anne-Marie eilte ins Büro.

„Möchte wissen, wozu sie immer in die Schweiz gondeln müssen. Die Fummel, die sie von da mitbringen, bekämen sie in Deutschland billiger", brummelte Frau Nobbe.

„Vielleicht ist es nur ein Vorwand für sie, um Freunde zu besuchen", gab Sandra vorsichtig zu bedenken.

Doch Frau Nobbe antwortete nicht darauf. Vermutlich tat ihr ihre Entgleisung schon leid. Sie gehörte zu den Angestellten, denen jede Kritik an ihren Arbeitgebern wie ein Vertrauensbruch erscheint.

„Wenn du die Pullover eingeräumt hast, kannst du gehen", sagte sie barsch.

Nach dem Abendessen, das Sandra allein einnahm, weil ihre Mutter Nachtdienst auf dem Fernmeldeamt hatte, fuhr Sandra mit dem Bus zu Herrn Seibolds Haus.

Joschi saß mit dem Hausherrn und Sandras Großmutter im Wohnzimmer.

Sie hatten dem Jungen den bequemsten Platz im Ohrensessel mit der hohen Rückenlehne überlassen.

Im Kamin loderten dicke Holzscheite. Der Feuerschein und eine kleine Stehlampe auf der alten Anrichte tauchten den Raum in ein warmes Licht.

„Da kann man sehen, wie gut es manchen Leuten geht, während unsereins sich draußen abstrampeln muß", scherzte Sandra und streichelte die Dackelhündin Susi, die begeistert an ihr hochsprang.

„Setz dich dazu. Ich hole dir eine Tasse. Der Tee ist noch heiß", sagte ihre Großmutter.

Sandra drückte sie in ihren Sessel zurück. „Ich hole sie mir selbst. Wie geht es dem Patienten?"

„Bestens!" Joschi räkelte sich wohlig in seinem Sessel.

„Hast du schon Abendbrot gegessen?" fragte Frau Ansbach.

„Ja, aber ein paar gefüllte Waffeln gehen noch rein", sagte Sandra und griff nach dem Teller mit Selbstgebackenem.

„Na, na!" sagte Frau Ansbach entrüstet.

„Sie ist doch hier zu Hause“, entschuldigte sie Herr Seibold.

„Aber friß nicht alle auf“, mahnte Joschi.

Sandra stopfte ihm den Rest ihrer Waffel in den Mund. Sie leckte ihre zuckerklebrigen Finger ab und fischte aus der Tiefe ihrer Hosentasche nach der Geschäftskarte, die sie als Gedächtnisstütze eingesteckt hatte.

„Was fällt euch bei ‚cold turkey‘ ein?“ fragte sie.

„Turkey ist die englische Bezeichnung für Truthahn“, sagte Herr Seibold, erfreut, daß er mit seinen Sprachkenntnissen glänzen konnte.

„Solltest du aber wissen. Du hast doch Englisch in der Schule, Sandra“, sagte Frau Ansbach vorwurfsvoll.

„Ich sagte cold turkey!“ betonte Sandra.

„Ist ein kalter Truthahn. Oder soll das eine Rätselaufgabe sein?“ fragte Herr Seibold verwundert.

„Rauschgift!“ warf Joschi ein.

„Genau! Cold turkey ist die Bezeichnung für Entzugserscheinungen bei Rauschgiftsüchtigen, die länger keinen Schuß mehr hatten und dringend einen brauchen“, belehrte Sandra die Anwesenden.

„Um Himmels willen! Woher weißt du denn das?

Hast du etwas damit zu tun?“ ereiferte sich ihre Großmutter.

„Das weiß doch jeder, Oma“, beruhigte sie Sandra.

„Deine Großmutter und ich wußten es bisher nicht. Aber alte Leute müssen ja nicht unbedingt mit allen Errungenschaften der Neuzeit vertraut sein“, sagte Herr Seibold ironisch.

„Und was hat es nun mit diesem kalten Truthahn auf sich?“ fragte Frau Ansbach.

„Heute war große Aufregung in der Boutique“, erzählte Sandra. „Ich habe nicht herausfinden können, was genau los war. Aber jemand scheint einen cold turkey zu haben, und die Chefin und ihr Bruder fahren morgen überraschend in die Schweiz. Der Wirbel scheint damit zusammenzuhängen, daß ein Boot namens *Laetitia* nicht flottzukriegen ist.“

„Ich verstehe kein Wort“, sagte Sandras Großmutter.

Auch Herrn Seibolds Miene drückte Ratlosigkeit aus.

Joschi sagte: „Moment mal! Ich glaube, mir dämmert etwas.“

„Dann bist du glücklicher als wir. Was hat dieser cold... der kalte Truthahn mit dir zu tun oder mit uns?" wollte Sandras Großmutter wissen.

„Paß auf, Oma", sagte Sandra mit der Miene eines Lehrers vor einem begriffsstutzigen Schüler. „Roman Hansen ist der Junge, der angeblich zufällig auf dem Uferweg auftauchte, als Joschi den verunglückten Manfred Jochens aus dem Fluß gelandet hatte. Okay?"

„Wie heißt das Boot?" warf Joschi dazwischen.

„*Laetitia*. Unterbrich mich jetzt nicht."

„Aber... Moment mal!" rief Joschi.

„Joschi!" mahnte Sandra drohend. „Jetzt rede ich. Wo waren wir...? Jetzt habe ich den Faden verloren!"

„Roman Hansen!" erinnerte Herr Seibold.

„Richtig! Roman ist der Bruder der Boutique-Besitzerin, bei der Brigitte Jochens, die wiederum die Schwester von Manfred Jochens war, arbeitete, und die an einer Überdosis Heroin starb."

„Das wissen wir doch alles", sagte Frau Ansbach und nahm sich eine Waffel aus der Schüssel.

„Oma! Bist du so cool, oder tust du nur so?" sagte Sandra.

„Ich wünschte, du würdest endlich zur Sache kommen“, erwiderte ihre Großmutter.

„Ts!“ Sandra schüttelte den Kopf und wandte sich wieder an Joschi und Herrn Seibold. „Es besteht also der berechtigte Verdacht, daß Roman und Frau Anne-Marie ebenfalls Kontakt mit Rauschgift haben. Brigitte war süchtig. Ihre Chefin muß das gewußt haben. Aber sie unternahm nichts, um ihr zu helfen. Zumindest hätte sie Brigittes Eltern informieren müssen. Die erfuhren aber erst durch Brigittes Tod, daß ihre Tochter Rauschgift nahm. Es ist bis heute ungeklärt, wo Brigitte starb und wer die Tote auf die Parkbank legte.“

„Du meinst, Frau Anne-Marie und ihr Bruder könnten in die Sache verwickelt sein?“ fragte Herr Seibold.

Sandra nickte. „Manfred Jochens war vermutlich auch dieser Meinung.“

„Dann war Roman Hansen nicht zufällig am Fluß“, stellte Frau Ansbach fest. „Deshalb also sollen wir Joschi gegen fremde Besucher abschirmen.“

„Was?“ fuhr Joschi auf.

„Die Kripo wollte kein Risiko eingehen“, erklärte

ihm Herr Seibold.

„Der Pfleger Alfred war ein Kriminalbeamter, nicht wahr?" fragte Sandra.

„Warum hat man mir das nicht gesagt?" beschwerte sich Joschi.

„Um dich nicht zu ängstigen", erwiderte Herr Seibold. „Die Kripo ist eurem Verdacht nachgegangen. Roman Hansens aufwendiger Lebensstil machte die Beamten stutzig."

„Ich glaube, ich weiß jetzt, weshalb ich ausgeschaltet werden sollte", sagte Joschi. „Erinnert ihr euch an den Bierdeckel, der Manfred Jochens aus der Parkatasche fiel, und der später nicht mehr bei ihm gefunden wurde?"

Die Anwesenden nickten und blickten Joschi gespannt an.

„Ein Name stand darauf. Und wegen der Strichzeichnung, die ein Mädchen mit Zöpfen darstellte, dachte ich, es handle sich um einen Mädchennamen. In Wirklichkeit ist es der Name eines Bootes." Joschi blickte seine Zuhörer bedeutungsvoll an. „Auf dem Bierdeckel stand nämlich *Laetitia!*"

„Bist du sicher?" riefen Sandra, Herr Seibold und Frau Ansbach wie aus einem Mund.

Joschi nickte heftig. „Als Sandra vorhin den Namen erwähnte, klingelte es bei mir. Bestimmt hat Roman Hansen den Deckel verschwinden lassen, während ich den Rettungswagen alarmierte. Unglücklicherweise erzählte ich Roman, daß ich ihn gesehen hatte, mich aber nicht an den Namen erinnerte, der darauf stand. Das brachte ihn auf die Idee, mich auszuschalten, um mein Erinnerungsvermögen für immer auszulöschen."

„Aber weshalb wollte Roman Hansen verhindern, daß die Polizei den Namen erfährt?" überlegte Sandra.

„Vielleicht starb Brigitte Jochens auf dem Boot?"

„Der polizeiliche Erkennungsdienst hat damals Bootsfarbe und Teerspuren an Brigitte Jochens' Schuhsohlen festgestellt und Proben sichergestellt", erinnerte sich Herr Seibold nachdenklich.

„Vielleicht haben sie auf dem Boot Rauschgift versteckt?" meinte Frau Ansbach.

„Das sie mit der *Laetitia* in die Stadt gebracht haben", ergänzte Herr Seibold. Er stand auf. „Roman und seine Schwester fahren morgen in die Schweiz, Sandra?"

„Ja, aber mit Frau Anne-Maries Wagen. Die *Lae-*

titia hat einen Motorschaden. Ein gewisser Sebastian soll sich darum kümmern."

„Ich muß mal telefonieren." Herr Seibold eilte in sein Zimmer, gefolgt von Susi, die ihren Herrn nie aus den Augen ließ.

„Meinst du, daß sie morgen Rauschgift abholen?" fragte Joschi.

Sandra nickte. „Die Chefin sagte aufgeregt am Telefon, sie wisse, daß sie in Verzug geraten seien. Damit hat sie doch gewiß keine Kleiderlieferung gemeint, oder?"

„Nicht im Zusammenhang mit einem cold turkey", bestätigte Joschi.

„Kinder, Kinder!" sagte Frau Ansbach erschüttert. „Was bringt nur Menschen dazu, das Leben junger Leute zu ruinieren, ihre Neugierde oder Hilflosigkeit skrupellos auszunützen und sie in den Tod zu treiben?"

„Geldgier!" sagte Joschi.

„Es ist schon eine Sauerei! Dabei macht die Chefin einen netten Eindruck", sagte Sandra kopfschüttelnd.

„Sie ist eine Kriminelle!" empörte sich ihre Großmutter. „Weißt du, wie viele Jugendliche im letzten

Jahr an Rauschgift gestorben sind?“

„Ich habe es gelesen, Oma. Ich meinte ja auch nur den äußeren Eindruck, den die Lady auf mich machte. Deshalb finde ich es so ungeheuerlich, daß sie zu einem Dealerring gehört.“

„Stünde es jedem auf der Stirn geschrieben, was er heimlich treibt, wäre die Erfolgsquote der Kripo höher“, bemerkte Joschi treffend.

Frau Ansbach stand auf und trat an den Kamin, um das Feuer zu schüren und Holz nachzulegen.

Joschi nützte die Gelegenheit, Sandra einen Kuß zu geben.

„Das könnt ihr ruhig vor meinen Augen tun“, bemerkte Frau Ansbach, ohne sich umzudrehen.

„Oma! Woher wußtest du?“ fragte Sandra mit gespielter Empörung.

„Erstens war ich auch einmal jung. Zweitens knarrt der Ohrensessel, wenn man sich über die Lehne beugt. Und drittens seid ihr plötzlich verdächtig still“, erwiderte ihre Großmutter heiter.

Als Herr Seibold zurückkehrte, sagte er: „Ich habe mit Ruhwedels Chef, Kriminalhauptkommissar Kresser, telefoniert. Mein Freund Kresser zeigte sich von deinen Beobachtungen beeindruckt, Sandra. Er dankt dir für deine Hinweise, aber er bittet dich, nicht mehr in die Boutique zu gehen."

Sandra protestierte. „Ich meine, ich sollte mich wenigstens davon überzeugen, ob sie abgefahren sind. Vielleicht kann ich auch von Daggi, das ist die andere Teilzeitverkäuferin, etwas über das Reiseziel erfahren."

Doch Herr Seibold meinte: „Das ist nicht nötig. So, wie ich Herrn Kresser verstanden habe, wird das Geschwisterpaar überwacht."

Sandra zuckte die Schultern. Doch insgeheim stand für sie fest, daß sie jetzt, so kurz vor der Aufklärung des Falles, nicht tatenlos zu Hause sitzen, sondern die Boutique und ihre Besucher nicht aus den Augen lassen würde.

Und so erschien sie am nächsten Morgen pünktlich in der Boutique. Zu ihrer Überraschung parkte Frau Anne-Maries Sportwagen noch am Bürgersteig vor dem Geschäft. Irritiert trat Sandra zu Daggi. „Ist die Chefin noch nicht weg?"

„Doch, vor einigen Minuten. Endlich!" stöhnte Daggi. „Das war vielleicht wieder eine Schau. Erst gab es Krach mit dem Bruder. Er hatte verschlafen. Dann sprang der Wagen nicht an. Und dauernd plärrte Nicole. Sie wollte hierbleiben, mochte die große Puppe nicht mitnehmen. Als sie die Puppe auf den Boden schmiß, wurde die Chefin hysterisch und hat ihr den Hintern verhauen."

„Wegen der Puppe? Weshalb zwingt man sie ihr auf? Nicole mag die Puppe nicht", sagte Sandra empört.

„Die Puppe muß auf jede Reise mit. Die Chefin besteht darauf. Ich glaube, sie ist ihr Maskottchen", sagte Daggi.

„Sind sie mit Roman Hansens Wagen unterwegs?"

„Ja, der andere sprang ja nicht an."

Frau Nobbe kam aus dem Lagerraum. „Noch nicht umgezogen, Sandra? Beeile dich, bitte. Wir müssen die auslaufenden Modelle neu etikettieren", sagte sie vorwurfsvoll.

„Kann ich eben noch etwas in der Drogerie besorgen? Sie war vorhin noch zu", sagte Sandra.

Frau Nobbe runzelte die Stirn. „Muß das jetzt sein?"

„Ja, bitte. Ich habe... Ich brauche ein Wundpflaster. Mein rechter Stiefel scheuert", log Sandra.

Frau Nobbe nickte ungnädig. „Meinetwegen."

Sandra verließ die Boutique und suchte die nächste Telefonzelle auf. Wie gut, daß ich nicht auf Hauptkommissar Kresser gehört habe, dachte sie, während sie darauf wartete, mit Oberinspektor Ruhwedel verbunden zu werden.

„Hier ist Sandra Faber“, sagte sie, als der Oberinspektor sich meldete. „Guten Morgen, Herr Ruhwedel. Ich möchte Sie nur informieren, daß Frau Anne-Marie und ihr Bruder vor ungefähr zehn Minuten abgefahren sind. Sie sind mit Romans Auto unterwegs und haben die kleine Nicole dabei. Tschüs!“

Sandra hängte den Hörer ein. Sie verließ die Telefonzelle, kaufte in der nahen Drogerie ein Heftchen Wundpflaster, das sie nicht brauchte, und kehrte zu ihrer Arbeitsstelle zurück.

Ihre weitere Anwesenheit an diesem Morgen stellte sich jedoch als überflüssig heraus, abgesehen von der Hilfe, die sie für Frau Nobbe bedeutete. Weder wurden zweifelhafte Telefonate getätigt, noch machten die Kundinnen, die die Boutique besuchten, sich in irgendeiner Weise verdächtig.

Einer packt aus

Am nächsten Tag im Polizeipräsidium. Morddezernat.

Oberinspektor Ruhwedel saß an seinem Schreibtisch. Es war noch früh am Morgen. Heinz Ruhwedel hatte die ganze Nacht an diesem Schreibtisch zugebracht. Und er war wütend.

Zwar waren bei der polizeilichen Durchsuchung der *Laetitia,* die im Jachthafen ankerte, Fingerabdrücke von Brigitte Jochens festgestellt worden. Auch hatte die Laboruntersuchung ergeben, daß die Bootsfarbe der *Laetitia* mit den Farbspuren an Brigitte Jochens Schuhen identisch war. Doch die Beamten vom Rauschgiftdezernat waren bei ihrer Fahndung erfolglos geblieben.

Das Geschwisterpaar führte bei seiner Rückkehr aus der Schweiz in die Bundesrepublik kein Rauschgift im Wagen. Auch die nächtliche Durchsuchung der Boutique und der Wohnungen der Geschwister hatte keinen Hinweis auf deren Dealertätigkeit erbracht. Und Roman Hansen leugnete beharrlich, etwas mit dem Tod von Brigitte Jochens zu tun zu haben. Seine Schwester gab sich genauso ahnungslos.

Die Boutique-Besitzerin war noch in der Nacht nach Hause entlassen worden, während man ihren Bruder vorläufig festgenommen hatte. Man würde aber auch ihn freilassen müssen, wenn es der Kripo nicht binnen vierundzwanzig Stunden gelang, Roman Hansen zu einem Geständnis zu bewegen oder so viel weiteres Belastungsmaterial zusammenzutragen, daß der Untersuchungsrichter von der Schuld des Tatverdächtigen überzeugt war und einen Haftbefehl unterschrieb.

Und nun saß der Oberinspektor an seinem Schreibtisch und grübelte darüber nach, ob das Geschwisterpaar gewarnt worden war, oder welche Fehler der Polizei unterlaufen sein konnten.

Heinz Ruhwedel war zu unruhig, um jetzt nach Hause zu gehen und den versäumten Nachtschlaf nachzuholen. Deshalb blieb er im Büro und wartete auf die Rückkehr von Inspektor Panke, der unterwegs war, um Romans Freund Sebastian Mann zu vernehmen. Sebastian Mann, das hatte die Überprüfung der Bootspapiere ergeben, war Miteigentümer der *Laetitia.*

Ausgerechnet in des Oberinspektors Stimmungstief rief Sandra an, um sich die erfolgreiche Durchführung der polizeilichen Fahndungsaktion bestätigen zu lassen.

„Wie ist es gelaufen, Herr Ruhwedel?" fragte Sandra gespannt.

Der Oberinspektor knurrte wie eine bissige Bulldogge.

„Ist was? Habe ich Sie bei einer Vernehmung gestört?"

„Du störst immer", erwiderte Heinz Ruhwedel grollend.

Sandra schluckte. „Ich wollte ja nur mal fragen, wie es gelaufen ist", sagte sie kleinlaut.

„Es ist gar nicht gelaufen! Was mußt du auch überall deine Nase reinstecken!" schnauzte der Oberinspektor.

„Oh... Habe ich was verpatzt?"

Heinz Ruhwedel riß sich zusammen. „Das kann ich jetzt noch nicht beurteilen", sagte er in normalem Ton.

„Haben Sie denn gar nichts gefunden?" fragte Sandra ungläubig.

„Nicht ein Milligramm Heroin oder anderen Stoff."
„Ja, aber..."
„Sag mal, Sandra", unterbrach sie Heinz Ruhwedel, „könnte es sein, daß du dich verhört hast, als du die Boutique-Besitzerin von einem cold turkey sprechen hörtest? Anders gefragt: Könnte sie nicht einfach eine Bestellung aufgegeben haben? Ich meine, vergiß mal, daß diese Frau Brigitte Jochens' Chefin war..."
„Und ihre Freundin!" warf Sandra ein.
„Also gut, die Chefin und Freundin eines Mädchens, das an einer Überdosis Heroin starb. Bist du dann genauso sicher..."
„Sie hat auf gar keinen Fall eine Bestellung aufgegeben!" unterbrach ihn Sandra heftig. „Jemand wollte im Gegenteil etwas von ihr haben, und die Chefin hat sich entschuldigt, weil sie nicht liefern konnte, sie war richtig hysterisch, als sie sagte: ‚Klar, ich weiß, was ein cold turkey ist. Besorge ihr was anderes.' Und damit hat sie keinen kalten Braten gemeint."
„Ist gut, Sandra. War nur ein Gedanke von mir. Gute Nacht", sagte der Oberinspektor müde.
Der ist ja total geschafft. Sagt gute Nacht zu mir –

morgens um neun! dachte Sandra, nachdem Heinz Ruhwedel aufgelegt hatte. Der Oberinspektor tat ihr leid. Sie ahnte, was in ihm vorging. Die Lösung des Falles schien greifbar nahe zu sein – und nun diese Pleite.

Sandra verstand das nicht.

Manfred Jochens mußte etwas herausgefunden haben, das mit der *Laetitia* zusammenhing. Und die *Laetitia* lag mit einem Motorschaden fest. Also holte man die heiße Ware mit dem Auto aus der Schweiz. Aber wie – wie – wie?

Sandra stand vor dem Badezimmerspiegel und starrte ihr eigenes Spiegelbild wie eine Fremde an, als ob die ihr die Antwort geben könnte, die sie selbst nicht fand.

Sie nahm ihren Lippenstift von der Ablage und malte mit ihm ein Boot auf die Spiegelfläche. Sie schrieb *Laetitia* an den Bug, malte ein Mädchen mit Zöpfen... und erstarrte plötzlich.

Brigitte Jochens hatte ihre Haare gewiß nicht zu Zöpfen geflochten getragen.

Die Zeichnung stellte gar kein Mädchen dar!

Sandra warf den Lippenstift auf die Ablage und rannte zum Telefon.

„Sitzt du gut, Heinz?“ Ich habe eine Neuigkeit für dich“, sagte Inspektor Panke etwa zur gleichen Zeit zu Heinz Ruhwedel. „Rate, wer Pächter und Hauswart vom Ruderclub ist?“

Ruhwedels vor Übermüdung gerötete Augen blickten trübe. „Gib mir jetzt kein Rätsel auf, Dieter!“ bat er.

Dieter Panke lachte. „Sebastian Manns Vater!“

„Sebastian Mann?“ sagte Oberinspektor Ruhwedel pötzlich lebhaft. „Sebastian Mann, Miteigentümer der *Laetitia*, Freund von Roman Hansen, bestätigte der Kripo, daß Roman Hansen an jenem Abend, an dem Manfred Jochen starb, sich mit ihm im Clubraum des Ruderclubs aufhielt. Sieh an! Vielleicht sogar zusammen mit Manfred Jochens?“

„Nicht vielleicht! Mit an Sicherheit grenzender Wahrscheinlichkeit. Ich habe mir einen Bierdeckel aus dem Clubhaus aushändigen lassen und diesen dem Joschi vorgelegt. Joschi ist sicher, daß es ein solcher Bierdeckel war, den Manfred Jochens in der Parkatasche trug. Ich habe Joschi auch noch einmal nach der Telefonnummer gefragt. Er schloß nicht aus, daß die Sieben auch eine Eins gewesen sein könnte. Wenn es so war, würde das bedeuten, daß

Manfred Jochens vorhatte, der Polizei telefonisch eine Mitteilung zu machen. Denn die Eins als erste Zahl ist unseren Telefonanschlüssen vorbehalten."

„Wieso hat früher niemand danach gefragt?"

„Weshalb sollte man? Der Fall Manfred Jochens war abgeschlossen", erinnerte Inspektor Panke. „Ich habe Sebastian Mann mitgebracht. Dachte, du möchtest dich mit ihm unterhalten."

„Und ob ich das will!"

Das Telefon klingelte. Oberinspektor Ruhwedel nahm den Hörer ab und meldete sich. Seine Stirn färbte sich rot. „Ich bin nicht zu sprechen. Am allerwenigsten für Sandra Faber!" schrie er der Telefonistin in der Vermittlung zu und knallte den Hörer auf die Gabel.

„Hol mir den Jungen herein", sagte er zu Inspektor Panke.

„Die Eltern von Mann hatten übrigens keine Ahnung, daß ihr Sohn Mitbesitzer einer Jacht ist", sagte der Inspektor an der Tür. „Sebastian Mann ist arbeitslos. Seit einem Motorradunfall im vorigen Jahr ist sein linker Arm bewegungsbehindert. Er hilft seinem Vater bei der Verwaltung der Clubanlagen und erhält dafür ein Taschengeld. Es war den

Eltern unbegreiflich, wie er eine Jacht bezahlen kann."

„Scheint eine interessante Unterhaltung zu werden", bemerkte Oberinspektor Ruhwedel nachdenklich.

Inspektor Panke kam mit einem blassen jungen Mann von etwa neunzehn Jahren ins Büro zurück. Sebastian Mann wirkte schüchtern und verlegen.

„Setzen Sie sich, Herr Mann", sagte Oberinspektor Ruhwedel zu ihm. „Falls Sie rauchen möchten...? Ich kann Ihnen leider keine Zigarette anbieten. Ich rauche seit zwei Jahren nicht mehr."

„Danke", sagte Sebastian Mann heiser und fingerte nach seiner Zigarettenschachtel in der Blousontasche.

Ruhwedel wartete, bis er die Zigarette angezündet hatte. Dann beugte er sich vor und sagte: „Nun erzählen Sie mir einmal, wie Sie zu der Jacht gekommen sind. Muß Sie doch eine Stange Geld gekostet haben."

Sebastian Mann rutschte verlegen auf seinem Stuhl hin und her. „Ja, ich... Also, das... Na ja, der Roman Hansen ist mein Freund, nicht...?

Also, die Jacht gehört ja ihm."

„Aber sie ist auf Ihrer beider Namen eingetragen."

Sebastian Mann zog hastig an seiner Zigarette und schwieg.

„Heißt die Einnahmequelle, mit der Sie die *Laetitia* finanzierten und unterhalten, vielleicht Rauschgifthandel?" fragte der Oberinspektor.

„Nein, nein! Mit so was habe ich nichts zu tun! Wie kommen Sie denn darauf?" fuhr Sebastian auf.

„Aus verschiedenen Gründen. Und deshalb glaube ich Ihnen Ihre Unschuldsmiene nicht. Aber lassen wir das im Moment. Eine andere Frage: Wie gut kannten Sie Brigitte Jochens?"

„Brigitte Jochens...?" Sebastians Blick drückte erneut blanke Verwunderung aus.

„Herr Mann!" sagte der Oberinspektor Ruhwedel unwillig. „Erzählen Sie mir jetzt nicht, daß Sie den Namen noch nie gehört haben! Sie kannten das Mädchen. Die Beamten vom Erkennungsdienst haben vergangene Nacht Ihr Boot untersucht und sind dabei auf Fingerabdrücke von Brigitte Jochens gestoßen. Dies zu Ihrer Kenntnis. Es klingt bei Ihrer engen Verbindung zu Roman Hansen unwahrscheinlich, daß Sie bei den Feten, die auf der

Laetitia gefeiert wurden, wie wir ermittelt haben, nicht dabeigewesen sind. Also – wie gut kannten Sie Brigitte Jochens?"

„Ich... Ich verweigere die Aussage", erwiderte Sebastian Mann schwitzend.

Helmut Ruhwedel lehnte sich in seinem Stuhl zurück und betrachtete sein Gegenüber schweigend.

Sebastian Mann drückte mit zitternden Fingern seine Zigarette aus und nahm eine neue aus der Schachtel.

Das Telefon auf Inspektor Pankes Schreibtisch klingelte. Dieter Panke nahm den Hörer ab. Er lauschte eine Weile, wandte sich dann an den Oberinspektor und sagte ernst: „Für dich! Ich meine, du solltest den Anruf annehmen."

Der drängende Ton in seiner Stimme machte den Oberinspektor stutzig. Er stand auf und ging zu Pankes Schreibtisch hinüber. „Ruhwedel."

„Herr Ruhwedel, bitte, legen Sie nicht auf. Ich habe eine wichtige Mitteilung zu machen", sagte Sandras aufgeregte Stimme am anderen Leitungsende.

„Schieß los!" erwiderte der Oberinspektor knapp.

„Also, es mag vielleicht verrückt klingen, was ich Ihnen jetzt sage. Aber ich glaube, ich weiß, wo das Rauschgift versteckt ist. Ich meine..."

„Komm zur Sache", forderte Heinz Ruhwedel.

„Haben Sie die Puppe von Nicole untersucht?"

„Die Puppe von...?!" Oberinspektor Ruhwedel rang vor Empörung nach Luft. „Also, nun höre mir einmal zu..." Doch dann fiel sein Blick auf Sebastian Mann. Der Junge war aschfahl im Gesicht. Er starrte den Oberinspektor mit blankem Entsetzen in den Augen an. Als er sah, daß der Oberinspektor ihn beobachtete, drehte er den Kopf zur Seite.

„Entschuldige! Sprich weiter", sagte Ruhwedel zu Sandra.

„Joschi hat doch immer gesagt, daß auf dem Bierdeckel neben dem Namen *Laetitia* und über der Telefonnummer ein Mädchen gezeichnet war, nicht? Deshalb hat er ja auch geglaubt, daß *Laetitia* ein Mädchen sei. Ist es aber nicht. Es ist ein Boot, wie sich herausgestellt hat. Und die Zeichnung stellt ebenfalls kein Mädchen dar – sondern eine Puppe! Vielleicht die Puppe, die Nicole immer mitnehmen muß, wenn sie mit ihrer Mutter in die Schweiz reist. Nicole mag die Puppe nicht. Aber ihre Mutter besteht darauf. Nun denke ich, daß in der Puppe vielleicht etwas versteckt sein könnte... Ich weiß, es klingt irre. Aber ich dachte, ich sollte Sie darauf hinweisen – für alle Fälle. Ich habe nämlich neulich in der Zeitung gelesen, daß ein Ehepaar in einem Spielzeugauto, das ihr Junge in einer Plastiktüte bei sich trug, für mehrere tausend Mark Heroin versteckt hatte."

„Ich danke dir", sagte Oberinspektor Ruhwedel, ohne in Sebastians Anwesenheit ihren Namen zu nennen.

Er legte den Hörer auf und sagte zu Sebastian Mann: „Ich muß Sie leider noch hierbehalten. Dieter, würdest du dich darum kümmern? Ich bin beim Chef."

Damit sammelte Oberinspektor Ruhwedel die Unterlagen auf seinem Schreibtisch ein und verließ mit den Akten unter dem Arm das Büro.

Am Nachmittag desselben Tages saß Oberinspektor Ruhwedel leidlich ausgeschlafen erneut an seinem Schreibtisch. Vor ihm dampfte ein Becher voll Kaffee.

„Dieter", sagte er zu Inspektor Panke, „laß die

beiden Knaben heraufholen."

„Zusammen?"

„Zunächst ja. Aber man soll verhindern, daß sie sich auf dem Weg hierher miteinander unterhalten."

Dieter Panke ging in den Nebenraum und gab die Anordnung an den dort sitzenden Polizeibeamten weiter.

Zehn Minuten später klopfte es. Der Polizeibeamte lieferte die beiden Freunde ab.

„Ich protestiere gegen diese Behandlung! Sie haben kein Recht, uns festzuhalten. Ich verlange, sofort freigelassen zu werden. Ich werde Sie wegen Freiheitsberaubung auf Schadenersatz verklagen!" schrie Roman Hansen den beiden Beamten entgegen.

„In Ordnung. Bitte, setzen Sie sich." Inspektor Panke deutete auf die beiden Sessel vor Ruhwedels Schreibtisch.

Sebastian Mann nahm hastig Platz.

Roman Hansen verschränkte die Arme und blieb stehen.

„Ich bitte um Entschuldigung für die Verzögerung. Aber auch Polizeibeamte müssen einmal schlafen. Außerdem war noch eine wichtige Durchsuchung nachzuholen. Aber ich denke, wir können die Sache jetzt abschließen. Es kommt ganz auf Sie an, wie schnell wir hier fertig werden. Das heißt, darauf, ob Sie bereit sind, meine Fragen endlich wahrheitsgetreu zu beantworten", sagte Oberinspektor Ruhwedel.

„Wir haben nichts zu verbergen", schnauzte Roman Hansen. Er warf sich in den Sessel und schlug lässig die Beine übereinander.

„Das ist gut. Dann können Sie uns sicher auch erklären, wie die Plastiksäckchen voll Heroin in den Bauch der Puppe gelangten, die Ihrer Nichte Nicole gehört, und die Sie, wie wir inzwischen wissen, auf jeder Ihrer Reisen mit der kleinen Nicole mitgeführt haben."

Bei Ruhwedels Worten veränderte sich schlagartig Roman Hansens herausfordernde Haltung.

Er stemmte die Füße auf den Boden, als ob er aufspringen und fliehen wollte. Er beugte sich vor und starrte den Oberinspektor ungläubig an, während Sebastian Mann, der das am Morgen von Heinz Ruhwedel geführte Telefonat nicht vergessen hatte, in seinem Sessel zusammenzuschrumpfen schien.

„Wenn wir davon ausgehen – und auch das wurde

inzwischen von mehreren Zeugen bestätigt" –, fuhr Heinz Ruhwedel sachlich fort, „daß Sie und Ihre Schwester, beziehungsweise Ihre Schwester und Sebastian Mann, diese Reise zwei- bis dreimal monatlich mit Ihrer Nichte und der Puppe wiederholten, dann..."

„Ich will einen Anwalt sprechen!" schrie Roman Hansen.

„Das steht Ihnen zu", bestätigte der Oberinspektor verbindlich. „Die Kollegen vom Rauschgiftdezernat werden das auf Ihren Wunsch veranlassen. Uns interessiert diese Sache nur im Zusammenhang mit dem Mordfall, den wir zu untersuchen haben: dem Mord an Manfred Jochens."

„Es war kein Mord! Sag ihm, daß es kein Mord war, Roman!" schrie Sebastian Mann schrill.

„Halt's Maul!" herrschte sein Freund ihn an.

Doch Sebastian Mann verlor die Nerven. „Manfreds Tod war ein Unfall, Herr Oberinspektor! Und er hat uns die Sache eingebrockt. Weil er die Gitti hat krepieren lassen. Ich hatte sie gewarnt. Ich..."

Roman Hansen sprang auf, warf sich auf den Freund und würgte ihn. „Du sollst dein verdammtes Maul halten, du Idiot! Merkst du nicht, daß man uns hereinlegen will...“

Inspektor Panke eilte hinzu und trennte die beiden. „Kommen Sie mit Hansen, beruhigen Sie sich.“

Roman stieß den Inspektor zurück. „Der redet doch Stuß! Er war in die Gitti verknallt. Aber sie hat ihn abblitzen lassen. Er weiß gar nichts, der Spinner.“

„Du hättest ihr helfen können, du Schwein! Weshalb hast du keinen Arzt geholt? Du hast sie einfach ins Auto geschleppt und in den Park gelegt. Weshalb nicht vor ein Krankenhaus?“ rief Sebastian außer sich.

„Die alle rundum taghell beleuchtet sind, du Clown?“

„Ruhe!“ donnerte Inspektor Panke, während sich der Oberinspektor eifrig Notizen machte.

„Sie geben also zu, Hansen, daß Sie Brigitte Jochens in lebensbedrohlichem Zustand zu der Stelle transportierten, wo sie später tot aufgefunden wurde?“ fragte Inspektor Panke.

„Ich gebe gar nichts zu. Ihr könnt mich alle mal!“ schnaubte Roman Hansen.

Oberinspektor Ruhwedel gab Panke einen Wink.

„Kommen Sie, Hansen", sagte Dieter Panke und führte den sich heftig Sträubenden mit eisernem Griff hinaus.

Oberinspektor Ruhwedel blieb mit Sebastian Mann allein.

Sebastian schluchzte.

Der Oberinspektor wartete eine Weile. Dann fragte er: „Soll ich Ihnen etwas zu trinken bringen lassen?"

Sebastian schüttelte den Kopf. Er blickte den Oberinspektor an. „Ich habe sie gern gehabt. Gitti war ein unwahrscheinlich duftes Mädchen. Ich wollte nicht, daß sie auf den Drücker kam."

„Aber Sie verteilen das Zeug. Ist Ihnen nie der Gedanke gekommen, daß andere Jungen oder Mädchen sich genauso um ihre Partner sorgen könnten, die das Rauschgift von Ihnen beziehen und daran kaputtgehen?"

Sebastian schneuzte sich heftig. „Das ist etwas anderes", sagte er und steckte das Taschentuch ein. „Ich habe den Stoff auch nicht verteilt. Ich verstehe was von Booten und Bootsmotoren. Das habe ich gelernt. Hab auf der Werft gearbeitet, bis das da passierte." Er hob seinen linken Arm, dessen Ellbogengelenk sich nur bis zur Hälfte beugen ließ.

„Und wie kamen Sie mit Brigitte Jochens und Roman Hansen zusammen?"

„Roman lernte ich eines Tages in einer Hafenkneipe kennen. Er erzählte von einem Kumpel, einem Freund seiner Schwester, der ein altes Boot habe, das er abstoßen wollte. Roman war scharf auf ein Boot. Er zeigte mir Fotos von der *Laetitia.* Ich sagte zum Spaß, ich traute mir zu, sie flottzukriegen, wenn er die nötigen Piepen hätte. Das hörte ein Macker an der Theke. Er setzte sich zu uns. Ich ging kurz darauf weg. Einige Tage später rief Roman mich an und fragte, ob ich noch an dem Job interessiert sei. Er bekäme Zaster von einem Freund. Später kam ich dahinter, daß es der Macker aus der Kneipe war."

„Wie heißt er?" fragte der Oberinspektor.

„Keine Ahnung. Hat Roman mir nie gesagt. Ich reparierte dann mit Roman zusammen die *Laetitia.* Aber plötzlich blieb das Geld aus. Roman sagte, sein Freund müßte für eine Weile untertauchen. Er habe sich in die Schweiz abgesetzt. Ohne Bezahlung wollte ich nicht weitermachen. Da köderte

Roman mich damit, daß ich Miteigentümer der *Laetitia* werden könnte. Das reizte mich. Junge – ich und eine eigene Jacht! Aber als er mit dem Rauschgiftgeschäft herausrückte, kriegte ich zunächst kalte Füße. Doch dann hatte ich mal wieder Zoff mit meinen Alten, weil ich denen auf der Tasche lag. Und da war es mir egal."

„Wer hatte die Idee mit der Puppe als Versteck?"

„Anne-Marie, Romans Schwester. Wir hatten zunächst einen Verschlag unter Deck der *Laetitia* präpariert. Aber ein paar Tage, bevor wir zum ersten Mal in die Schweiz auslaufen sollten, nahmen die Zöllner am Hafen eine Ladung Hasch aus einem solchen Versteck in einem Frachter hoch. Und da kam die Anne-Marie schließlich auf den Dreh mit der Puppe. Es war ja abgemacht, daß die kleine Nicole immer mitfahren sollte, damit es wie ein ganz gewöhnlicher Wochenendtrip mit Familie aussah."

„Wo habt ihr die Fracht an Bord geholt? Kennst du die Namen der Leute, mit denen verhandelt wurde?"

Sebastian schüttelte den Kopf. „Anne-Marie fuhr mit dem Kind und der Puppe in einem Taxi fort.

Wenn sie wieder an Bord kamen, war die Puppe gefüllt." Er fuhr sich mit der Zunge über die Lippen. „Ich hätte doch gern was zu trinken."

Inspektor Panke, der inzwischen zurückgekehrt war und an seinem Schreibtisch Sebastians Aussagen stenografierte, stand auf und holte für jeden einen Becher Kaffee vom Automaten im Flur.

„Danke." Sebastian blies in den Kaffee, um ihn abzukühlen. Er trank einen Schluck, stellte den Becher neben sich auf den Fußboden und zündete sich eine Zigarette an.

„Wer hat das Heroin verteilt?" fragte Panke.

„Es wurde in der Boutique von einem Kurier abgeholt. Anfangs lieferte Anne-Marie alles ab. Durch eine Freundin, die auf Spritze ist, kam ihr die Idee, sich einen Anteil ihres Verdienstes an Ware auszahlen zu lassen. Sie kennt eine Menge Leute von den Feten, auf die sie geht und zu denen sie einlädt, und die sind immer scharf auf einen Kick. Irgendwie sprach sich dann das auch in den interessierten Kreisen herum."

Ruhwedel stand auf und ging vor dem Fenster auf und ab, um die Blutzirkulation in seinen Beinen anzuregen.

Im Innenhof des Präsidiums leuchteten Krokusse, Narzissen und Hyazinthen. Ein nächtlicher Sturm hatte einen Teil der Blüten geknickt.

„Was passierte mit Brigitte Jochens?“ fragte er, ohne sich umzudrehen.

Sebastian Mann schwieg.

Oberinspektor Ruhwedel verließ seinen Platz am Fenster. Auf dem Weg zu seinem Schreibtisch blieb er vor Sebastian stehen. „Die Sonderkommission im Rauschgiftdezernat wird Sie in der Sache ohnehin noch einmal verhören und Ihre Angaben überpüfen. Dann wird sich herausstellen, ob Sie die Wahrheit gesagt haben. Doch so, wie Sie die Sache hier dargestellt haben, handelt es sich um Mord. Und die geht auch uns an. Helfen Sie uns, die Hintermänner zu finden. Es könnte auch Ihre Lage verbessern, Sebastian.“

Sebastian Mann blieb stumm.

„Denken Sie doch an das Mädchen, Junge!“ mahnte Inspektor Panke. „Sie hatten sie doch gern!“

„Ich weiß nicht, was mit ihr passierte. Ich weiß es wirklich nicht“, behauptete Sebastian. „Ich war an jenem Abend nicht auf der *Laetitia*. Ich hörte nur von einem Mädchen, das die Fete mitgemacht hatte, daß Brigitte plötzlich ausflippte. Später hat das Mädchen gesehen, wie sie Gitti über den Landungssteg in Romans Wagen trugen. Die Freundin war selber high. Was wirklich mit Gitti passierte, hat sie erst hinterher aus der Zeitung erfahren."

„Der Name der Zeugin?"

Sebastian nannte ihn.

„War Brigitte Jochens süchtig?"

„Das weiß ich nicht. Ich hatte zuletzt keine Verbindung mehr mit ihr. Gitti stand auf Partys. Sie machte alles mit, auch die verrücktesten Sachen. Außerdem tanzte sie unwahrscheinlich gern und konnte auch gut singen. Oft hüpfte sie auf den Tisch und zog eine tolle Solonummer ab. Einmal hatte Gitti einen Moralischen. Hat man ja mal, nicht? Da haben sie ihr etwas ins Glas reingetan, damit sie in Schwung kommen sollte. Ich habe Gitti gewarnt. Hab mich sogar deshalb mit Roman und Anne-Marie angelegt. Seither ist Gitti mir aus dem Weg gegangen."

Sebastian brach ab. Die Erinnerung schien ihn zu quälen. Er zog wieder sein Taschentuch und schneuzte sich heftig.

„Möchten Sie, daß wir eine Pause machen?" fragte

Oberinspektor Ruhwedel.

Sebastian blickte auf. „Was wollen Sie denn noch wissen?“ fragte er verzweifelt.

„Wie Manfred Jochens starb“, erwiderte der Oberinspektor ernst.

„Es war ein Unfall! Bitte, glauben Sie mir!“ sagte Sebastian.

„Erzählen Sie, wie es dazu kam“, forderte der Oberinspektor.

„Manfred rief mich an jenem Abend an...“

„An dem Abend, an dem er ums Leben kam?“, warf Inspektor Panke fragend ein.

Sebastian nickte. „Er sagte, seine Schwester habe einige Tage vor ihrem Tod an eine Freundin geschrieben. Der Brief sei unvollständig adressiert gewesen und nach einer Irrfahrt von etlichen Wochen mit dem Vermerk ‚Unzustellbar‘ zurückgekommen. Er habe den Brief an sich genommen, um seinen Eltern den Anblick zu ersparen. Er habe den Brief geöffnet und ihn gelesen. Dabei sei er auf etwas gestoßen, das er nicht deuten könnte. Er schließe aber aus dem Brief, daß ich es gut mit seiner Schwester gemeint habe. Deshalb möchte er mich sprechen. Ob ich ihm helfen wolle.“

Sebastian rutschte unruhig auf seinem Sessel hin und her. „Ich hatte gleich ein ungutes Gefühl und bestellte ihn in den Ruderclub. Manfred kam. Aber er zeigte mir den Brief nicht. Er kritzelte auf einen Bierdeckel – ich hatte uns zwei Flaschen Bier geholt – den Namen *Laetitia* und malte eine Puppe daneben. Ich bin vor Schreck fast aus den Latschen gekippt."

Sebastian stand auf, ging um seinen Sessel herum und setzte sich wieder. „Manfred fragte mich, ob ich wisse, was das zu bedeuten habe. Ich sagte, ich hätte keine Ahnung. Niemand außer den Beteiligten wußte nämlich etwas von der *Laetitia*."

„Wie habt ihr das geheimhalten können bei der Anzahl von Leuten, die doch offenbar auf dem Boot verkehrten?" wollte Oberinspektor Ruhwedel wissen.

„Von denen war erst recht niemand interessiert, auszuposaunen, wo sie sich ihren Kick holten. Als die Sache mit Gitti passierte und die Polizei die Anne-Marie verhörte, hatten wir natürlich Muffe, jemand könnte die Nerven verlieren und quatschen", gab Sebastian zu.

„Aber die Kollegen hätten doch merken müssen,

was mit den Leuten los ist", sagte Inspektor Panke zu Heinz Ruhwedel.

Sebastian lächelte zum erstenmal, seit er das Büro betreten hatte.

„Die Anne-Marie hat sie auf eine falsche Spur geschickt", sagte er. „Sie hat der Kripo gleich den Wind aus den Segeln genommen und zugegeben, daß die Gitti manchmal bei ihren Partys ausgeholfen, und, wenn es spät wurde, in ihrer Wohnung übernachtet hat. Das wußten die Bul... die Beamten ja von Gittis Eltern. Anne-Marie hat tatsächlich manchmal Leute bei sich gehabt. Aber das war eine seriöse Sache. Die haben nur gefressen und gesoffen..."

„Ganz seriös, he?" warf Inspektor Panke ironisch ein.

„Klar, gefixt wurde da nicht. Die Leute hatten ein ganz reines Gewissen, als sie von der Kripo vernommen wurden."

„Und Roman Hansen?"

„Dem waren die Feten in Anne-Maries Wohnung zu langweilig. Der war selten dabei, und er lebt ja auch nicht bei seiner Schwester. Deshalb hat sie ihn auch nicht als Zeugen angegeben. Die Anne-Marie hat ihn gar nicht erwähnt.“

„Und Sie vermutlich auch nicht?“

„Ich kenne die Wohnung gar nicht“, erklärte Sebastian.

„Zurück zu jenem Abend. Wie ging es mit Manfred im Clubhaus weiter?“ forschte Oberinspektor Ruhwedel.

„Ja, also – Manfred sagte mir, seine Schwester habe dieser Freundin geschrieben: *Laetitia und die Puppe sind das Größte*. Ich sagte, ich wüßte nicht, was sie damit gemeint haben könnte, und fragte, was sie von mir geschrieben hätte. Er solle mir den Brief zeigen. Manfred sagte, er habe ihn nicht dabei. Aber ich sah ihm an, daß er log. Vielleicht habe ich mich auch durch meine Nervosität verraten, so daß er mißtrauisch wurde. Ich war ja auch total geschockt, vor allem, nachdem er sich das Telefonbuch angelte, als ich mir eine neue Flasche Bier holte und die Telefonnummer von der Kripo aufschrieb. Ich schlug ihm vor, Roman kommen zu lassen. Vielleicht könnte er die Sache aufklären. Er habe Gitti besser gekannt als ich, weil sie doch bei seiner Schwester arbeitete. Ich telefonierte mit Roman. Während wir auf Roman warteten, tranken wir weiter…“

„Moment!“ unterbrach ihn Heinz Ruhwedel. „Es ist uns bekannt, daß Manfred kaum Alkohol trank. Wie erreichten Sie es, daß er in kurzer Zeit solche Mengen in sich hineinschüttete, daß er volltrunken wurde?“

„Ich… Könnten wir vielleicht jetzt eine Pause machen?“ bat Sebastian.

„Selbstverständlich. Aber erst beantworten Sie mir bitte noch diese Frage.“

„Als Manfred mal zur Toilette ging, kippte ich Schnaps in seine Flasche“, bekannte Sebastian zögernd.

Oberinspektor Ruhwedel und Inspektor Panke blickten einander entsetzt an.

„Aber, das ist ja…!“ Dieter Panke hatte Mühe, sich zu beherrschen.

„War Ihnen nicht klar, daß Sie ihn damit umbringen konnten?“ brauste Heinz Ruhwedel auf.

„Ich hatte nicht geahnt, daß er so wenig vertrug. Er flippte nach dem nächsten Glas schon aus“, sagte Sebastian, der seine Bitte um eine Unterbrechung vergessen zu haben schien.

„Manfred legte den Kopf auf den Tisch und

schnarchte. Ich ging trotzdem vorsichtshalber mit Roman nach nebenan, damit Manfred nicht hörte, was wir sprachen. Vorher hatten wir in Manfreds Taschen nach dem Brief gesucht. Wir lasen ihn in der Küche. Es stand wirklich nicht viel mehr drin als das, was Manfred mir gesagt hatte. Über mich hatte die Gitti geschrieben: *Sebastian Mann, den Typen aus dem Ruderclub, von dem ich Dir im letzten Brief erzählte, kannst Du vergessen. Er ist ein...*" Sebastian schluckte.

„ *... eine trübe Tasse*", fuhr er fort. „*Macht mir dauernd Vorschriften. Aber ich will leben, verstehst du? Ein Glück, daß ich ihn nie mit heimgenommen habe. Er wäre imstande, mir alles zu versauen. Ich brauche aber die Feten, und ich brauche den Stoff. Was hat man sonst schon vom Leben...?*" Sebastian brach ab.

„Ist Manfred durch den Brief erst auf Sie gestoßen?", fragte Inspektor Panke.

Sebastian nickte. „Mein Vater steht im Telefonbuch unter der Clubadresse mit der Nummer vom Club und mit unserer Privatnummer, damit er jederzeit erreichbar ist."

„Möchten Sie noch einen Kaffee?" schlug Inspektor Panke vor.

„Wenn's möglich ist?"

Oberinspektor Ruhwedel und Sebastian Mann warteten schweigend, während Inspektor Panke den Kaffee besorgte.

Doch als Sebastian dann den Becher in der Hand hielt, stellte er ihn ab, ohne daraus zu trinken.

„Ich möchte es hinter mich bringen", sagte er heiser.

„Gut, fahren Sie fort!"

„Also, während Roman und ich uns berieten, hörten wir plötzlich einen Stuhl umfallen, dann ein Rumpeln nebenan. Wir dachten, Manfred sei so besoffen, daß er vom Stuhl kippte. Doch als wir nach einer Weile in den Clubraum kamen, war Manfred fort. ‚Hol ihn zurück!' schrie Roman. Roman lief dann zum Vordereingang hinaus, ich rannte über die Terrasse zum Fluß. Ich hörte weiter unten jemanden durch das Hochwasser patschen. Erst dachte ich, das könnte Manfred nicht sein, weil er doch bestimmt stadteinwärts zum Hafen gehen würde. Doch Manfred hatte in seinem beduselten Kopf die falsche Richtung eingeschlagen. Ich hörte ihn fluchen. Ich rannte ihm nach. Als ich ihn fast eingeholt hatte, drehte er sich um und muß mich wohl erkannt haben. Er ging rückwärts weiter – und stolperte plötzlich, schrie auf und stürzte in den Fluß."

„Sie haben ihn nicht gestoßen?" fragte Ruhwedel.

„Nein, nein! Ich schwöre es!" Sebastian wischte sich den Schweiß von der Stirn.

„Und Roman?" fragte Inspektor Panke.

„Der hatte das von weitem mitbekommen. Als er nämlich Manfred auf der Straße nicht entdeckte, war er mir zum Fluß hinunter gefolgt. Ich verbarg mich in einer Gartennische, als ich jemanden eine Gartentreppe hinunterpoltern hörte, und schlich später im Schatten der Mauern zum Clubhaus zurück, um Manfreds Bier auszukippen und die Gläser auszuspülen. Roman lief über die Straße bis zu dem Weg, der zum Fluß hinunterführt. Unten traf er den Jungen, der Manfred aus dem Wasser zog, bei seinen Wiederbelebungsversuchen an."

„Hat Roman den Bierdeckel aus der Parkatasche des Toten genommen?" fragte Panke.

Sebastian nickte. „Er zerriß ihn und warf die Schnipsel in den Fluß."

„Roman muß ja zu Tode erschrocken sein, als er

im Polizeipräsidium von Joschi Ruge erfuhr, daß dieser den Deckel entdeckt hatte", sagte Oberinspektor Ruhwedel.

Sebastian antwortete nicht.

„Wer von euch beiden hat versucht, Joschis Erinnerungsvermögen auszulöschen – ihn umzubringen?"

„Das soll Roman Ihnen selbst sagen", erwiderte Sebastian.

„War er es?" donnerte Ruhwedel.

„Ja! Er hatte Angst. Der Kurier hatte ihn gewarnt, nachdem die Sache mit Gitti passiert war. Er hatte ihm gedroht..." Sebastian fiel erschöpft in seinen Sessel zurück.

„Ist gut. Vielen Dank, Sebastian", sagte der Oberinspektor, der nicht minder mitgenommen wirkte. „Falls die Kollegen vom Rauschgiftdezernat nichts dagegen einzuwenden haben, lasse ich dich jetzt nach Hause bringen. Du müßtest dich aber zu unserer Verfügung halten. Über alles weitere entscheidet der Staatsanwalt."

Ein Dankeschön

Am Sonntagmorgen, um elf Uhr dreißig, klingelte ein Bote an Fabers Tür und übergab der überraschten Frau Faber einen bunten Frühlingsstrauß.

„Für mich?“ fragte Marlene Faber erfreut.

„Seit wann hast du einen Verehrer?“ wunderte sich Sandra.

„Mach keine Dummheiten, Mütterchen!“ warnte Sandras Bruder Rainer.

„Ach, Unsinn!“ sagte Frau Faber errötend und riß den beigefügten Umschlag auf.

„Ach, für dich, Sandra!“ rief sie ein bißchen enttäuscht und reichte ihrer Tochter den Blumenstrauß. „Von Herrn Ruhwedel.“

„Mann, das ist doch ein alter Opa“, sagte Rainer empört.

„Ist er nicht. Und er sieht sehr gut aus“, verteidigte Sandra mit blitzenden Augen den Spender.

„Und verheiratet ist er auch“, sagte ihre Mutter.

„Was schreibt er denn?“ wollte Rainer wissen.

„*Liebe Sandra*“, las Sandra vor.

„*Liebe!*“ schmachtete Rainer und verdrehte die Augen.

„Affe!“ sagte Sandra und las weiter: „*Das ganze Büro dankt dir für dein fabelhaftes Verhalten...*“

„Ist wohl nichts mit dem heißen Flirt?“ warf Rainer schadenfroh ein.

„*Verhalten...*“, wiederholte Sandra und fuhr mit erhobener Stimme fort: „*Und meine ganz persönliche Bitte um Entschuldigung für meine Grobheit. Vielleicht sehen wir uns einmal als echte Kollegen im Präsidium wieder...*“

„Bis du soweit bist, ist er längst in Pension“, lästerte Rainer.

„*Vor allem Inspektor Panke würde sich über einen Einsatz mit dir freuen!!!*“ beendete Sandra die Wiedergabe des Briefes.

„Wer ist denn das?“ fragte Rainer.

„Wüßtest du wohl gern, nicht?“

„Egal, welche Type sich da an dich schmeißen will – Joschi ist mir lieber.“

„Mir auch, lieber Bruder, denk mal an“, erwiderte Sandra, während sie jedoch insgeheim versuchte, sich Dieter Pankes Aussehen ins Gedächtnis zurückzurufen.

„Warum streitet ihr euch!“ mahnte Frau Faber. „Ich bin froh, daß die Sache aufgeklärt und für Joschi relativ glücklich ausgegangen ist.“

„Was er anscheinend nur deiner lieben Tochter zu verdanken hat“, hänselte Rainer.

„Genau, lieber Bruder!“ rief Sandra aus der Küche, wohin sie gegangen war, um die Blumen in die Vase zu stellen. „Denn wenn ich nicht so hartnäckig geblieben wäre, hätte es sicher noch einmal einen Unfall gegeben, den Joschi vielleicht nicht überlebt hätte. So aber hat Roman Hansen unter dem Druck der Beweise gestanden. Und Joschis Mutter hat seine Stimme als die des anonymen Anrufers identifiziert. Joschi kann jedenfalls nichts mehr passieren.“

„Was mit dir als seiner Freundin nicht sicher ist. Und deinen Job bist du auch los“, erwiderte Rainer, der Sandra mit der Mutter in die Küche gefolgt war.

Sandra wickelte die Blumen aus. „Schön, nicht? Du glaubst doch nicht, daß mir das leid tut“, antwortete sie auf Rainers Bemerkung. „Obwohl ich die kleine Nicole wirklich mochte. Sie tut mir leid. Ein Glück, daß sie eine nette Großmutter hat. Frau Anne-Marie hat zwar die Namen der Hintermänner verraten und damit der Polizei geholfen, eine internationale Rauschgiftbande festzunehmen und aus dem Verkehr zu ziehen, aber ob das in ihrem Fall strafmildernd wirkt? Kleinen Dealern und Konsumenten würde das eher nützen." Sandra seufzte. „Andreas Freund Udo hätte dann vielleicht auch eine echte Chance gehabt, vom Heroin runterzukommen. Jetzt ist er wieder voll drauf. Und er war so sicher, daß er sauber bleiben kann."

„Das meinen sie alle", sagte ihr Bruder. „Jeder Fixer prahlt damit, daß er nicht süchtig sei, sondern jederzeit auf die Spritze verzichten könne. Glatter Selbstbetrug."

„Könnt ihr nicht mal von etwas anderem reden?" begehrte ihre Mutter auf.

„Zum Beispiel von diesem: Was gibt's zum Mittagessen?" fragte Rainer und blickte zu dem kalten Herd hinüber.

„Ihr seid die reinsten Ausbeuter", schimpfte Frau Faber, halb lachend, halb ernst. „Könnt ihr eurer berufstätigen Mutter nicht mal einen freien Tag gönnen? Immerzu muß ich für euch kochen und wirtschaften. Wer kümmert sich mal um meine Bedürfnisse?"

„Ich!" sagte Sandra und streckte ihrer Mutter die Vase mit den Blumen entgegen.

„Ich!" sagte Rainer. „Ich lade euch zum Essen ins *Dalmatia* ein!"

„Du bist doch nicht krank?" forschte Sandra.

„Nein, ich denke nicht."

„Fein!" sagte Sandra strahlend. „Bringst du mich anschließend zu Joschi?"

„Du schaffst es, einen tatsächlich krank zu machen, Schwester. Okay! Aber ich tue es nur Joschi zuliebe, obwohl ich wirklich nicht verstehe, was er an dir findet."

„Er weiß es", sagte Sandra lächelnd.